Fiabe
tradizionali
italiane

Revisione testi: Samantha De Simone
Illustrazioni: Severino Baraldi
Progetto grafico e impaginazione: Daniela Rossato
Grafica di copertina: Mia Bertelli
Redazione: Sara Reggiani

www.giunti.it

Ristampa	Anno
5 4 3 2 1 0	2018 2017 2016 2015 2014

Stampato presso Giunti Industrie Grafiche S.p.A. – Stabilimento di Prato

Fiabe tradizionali italiane

GIUNTI KidS

Il Principe canarino

C'era una volta un Re, che aveva una bella figliola e purtroppo rimase vedovo. Poco tempo dopo si risposò, ma la nuova Regina era gelosissima della Principessa e, tanto disse e tanto fece, che riuscì ad allontanarla dal palazzo reale.

Il padre a malincuore acconsentì, ma pose come condizione che la fanciulla fosse sistemata in un bellissimo posto e non le mancasse nulla.

La perfida matrigna fece rinchiudere la giovane in un castello in mezzo al bosco, dove era servita e riverita da uno stuolo di dame di corte, che le portavano da mangiare e da bere ogni volta che lei lo chiedeva, ma lì la poverina era come prigioniera.

Il Re di tanto in tanto chiedeva alla moglie:

«E mia figlia come sta? Che cosa starà facendo? Le mancherà nulla?».

Allora la Regina un giorno, per mostrare che se ne prendeva cura, andò con la sua carrozza a farle visita. Le dame di corte, al solo vederla apparire, dissero che tutto andava a meraviglia. Poi la Regina salì in camera a vedere la Principessa e le disse:

«Come va? Ti vedo bene. Hai proprio una bella cera! Bene, mi sembra che non ti manchi niente. Stai allegra! Tanti saluti!».

Ritornata a palazzo, disse al Re che aveva trovato sua figlia contentissima.

Al contrario, la fanciulla soffriva terribilmente la solitudine chiusa in quella torre.

Passava tutto il giorno affacciata alla finestra, con i gomiti puntati sul davanzale, e le sarebbero venuti i calli se non avesse pensato di appoggiare le braccia su un cuscino. La vista spaziava sulle cime degli alberi, sulle nuvole, ma non si vedeva anima viva e le giornate passavano lente.

Ma un bel giorno sul sentiero apparve il figlio d'un Re. Stava seguendo le orme di un cinghiale e, passando vicino a quel castello così isolato, si stupì di vedere segni di vita: le finestre infatti erano aperte e dai comignoli usciva del fumo.

Poi vide la bella fanciulla al davanzale e le sorrise. La fanciulla ricambiò il sorriso e lo sguardo amichevole del giovane cacciatore vestito di giallo.

Rimasero a sorridersi e a farsi inchini e riverenze per quasi un'ora, perché erano troppo distanti per poter fare conversazione.

Il giorno dopo, con la scusa di dover cacciare, il Principe si ritrovò nuovamente davanti alla bella e solitaria castellana e i due giovani si guardarono timidamente per ben due ore! Al momento di salutarsi si posero una mano sul cuore e agitarono a lungo i fazzoletti.

Il terzo giorno si scambiarono sorrisi per tre ore e un bacio sulla punta delle dita.

Il quarto giorno il Principe era nuovamente lì, quando una fata fece capolino dal tronco di un castagno, ridendo a crepapelle.

Il Principe, risentito, le chiese: «Che hai da ridere così?»

«Non ho mai visto due innamorati comportarsi in modo così buffo!»

«Se potessi raggiungerla!» sospirò il giovane.

«Siete troppo simpatici, vi aiuterò io!» disse
allora la fata. Si diresse alla porta del
castello e bussò. Alle damigelle che aprirono consegnò un librone tutto stropic-
ciato, unto e bisunto, dicendo:

«Portate questo libro alla Principessa,
servirà a farle passare il tempo».

La fanciulla lo aprì immediatamente
e lesse queste parole:

"Questo è un libro magico: quando lo sfogli in un senso l'uomo diventa un uccello,
quando lo sfogli all'incontrario l'uccello
diventa uomo".

La fanciulla corse alla finestra, appoggiò
il librone, prese a voltare le pagine e scoprì che
era proprio vero: il giovane vestito di giallo
prendeva le forme di un canarino, spiccava
il volo, si posava sulla cima dell'albero ed infine
eccolo sul davanzale, sul suo cuscino.

La Principessa lo prese con tenerezza fra le mani
e lo baciò sulla testolina. Sfogliò quindi il librone nel senso contrario ed egli riprese le sembianze
di Principe: le ali diventarono braccia che la strinsero teneramente. Il giovane, cadendo in ginocchio, le dichiarò finalmente il suo amore.
Poi venne il buio e la Principessa girò nuovamente le pagine del libro: il giovane si ritrasformò in canarino, aprì le ali e, affidandosi alla brezza della sera,
volò e si posò su di un ramo basso. Allora ella girò le pagine all'incontrario,
l'uccellino tornò ad essere Principe, saltò a terra, chiamò i cani e s'allontanò
per il sentiero.

Così ogni giorno il libro faceva diventare il Principe canarino, poi lo faceva
diventare uomo, quindi uccellino e infine uomo, affinché egli potesse tornare
a casa. I due giovani non erano mai stati così felici.

Qualche tempo dopo la Regina tornò a fare visita alla figliastra. Fece un giro
per la stanza, guardandosi intorno un po' sospettosa.

Vide dalla finestra il Principe vestito di giallo che si stava avvicinando e intanto pensava: "Se questa vuol fare la smorfiosa con quel giovane, adesso le insegno io a starsene affacciata al davanzale!".

La Regina mandò la Principessa a prenderle un po' d'acqua e nel frattempo si tolse dai capelli cinque spilloni e li piantò nel cuscino, con le punte in su, senza che si vedessero uscire.

Poi salutò in fretta e se ne andò.

Non appena la carrozza della Regina scomparve fra il folto degli alberi, la Principessa si affrettò a girare le pagine del libro, il Principe si trasformò, prese il volo e piombò sul cuscino.

Quale struggente pigolìo di dolore si udì! Le morbide piume si tinsero di rosso: il canarino aveva il petto trafitto dagli spilloni. Tentò di riaprire le ali, ma cadde al suolo.

La Principessa, atterrita, senza capire quello che era successo, sfogliò le pagine del libro sperando che, una volta che fosse ritornato uomo, anche le ferite sarebbero scomparse.

Ma ahimè, il petto del Principe appariva grondante di sangue ed egli giaceva ora sul sentiero, privo di sensi, circondato dai suoi cani. Gli altri cacciatori, richiamati dalle grida delle povere bestie, lo soccorsero e lo portarono via, senza nemmeno alzare gli occhi alla finestra, dove stava l'innamorata, paralizzata dallo spavento.

Tuttavia, anche una volta trasportato nella sua reggia, il Principe non accennava a guarire: le ferite, dolorosissime, non si chiudevano. Il Re, disperato, fece leggere in tutti gli angoli del regno un bando che prometteva tesori immensi a chi avesse saputo guarire il giovane, ma non si presentò nessuno.

La Principessa intanto decise che era venuto il momento di uscire da quella torre-prigione: tagliò le lenzuola, le annodò in modo da ottenere una lunghissima fune e con questa, quando fu notte, si calò giù.

Prese a camminare, ma il buio del bosco era così fitto, gli ululati dei lupi così impressionanti che si nascose dentro il tronco cavo di una quercia, aspettando che sorgesse il sole.

Si era appena addormentata, stanca morta com'era, quando sentì un fischio, poi un secondo, un terzo, un quarto.

Aprì gli occhi e vide quattro fiammelle di candela. Erano quattro fate che si erano date appuntamento proprio sotto a quell'albero.

Così la Principessa poté udire e vedere qualcosa di straordinario, senza essere udita né vista.

Le fate ridevano, mentre accendevano un falò e arrostivano quattro polposi pipistrelli per cena.

Dopo aver mangiato si raccontarono le ultime novità.

«Io ho visto il Sultano dei Turchi e le venti mogli che si è comprato».

«Io ho visto l'Imperatore della Cina e il suo codino lungo ben tre metri».

«Io ho visto il Re dei Cannibali che s'è mangiato per sbaglio il suo ciambellano».

«Io ho visto il Re qui vicino disperato per la malattia di suo figlio di cui nessuno conosce il rimedio, eccetto me».

«E quale sarebbe questo rimedio?» chiesero in coro le altre tre.

«Nella sua stanza c'è una mattonella che balla, bisogna alzarla. Sotto si trova un'ampolla contenente un unguento, che farà guarire le sue ferite».

Nell'udire queste parole la Principessa stava per urlare dalla gioia e quasi non riuscì a dormire nell'impazienza che arrivasse il mattino.

Il giorno seguente la Principessa si alzò e si diresse verso la città, ma prima di arrivare alla reggia si comperò un abito da dottore e degli occhiali.

Le guardie del palazzo non volevano nemmeno farla entrare, ma il Re disse: «Non può certo fare del male al mio figliolo: peggio di così non potrebbe stare. Mettiamo alla prova anche questo dottore».

Così il finto dottore poté recarsi al capezzale del Principe e chiedere poi di essere lasciato solo con lui.

La giovane Principessa era così emozionata che avrebbe voluto coprire di baci il viso del suo innamorato, ma si fece forza e seguì le istruzioni della fata.

Trovò la mattonella che si muoveva, sotto la quale si trovava l'ampolla.

La prese e con il contenuto bagnò le ferite del Principe. Appena l'unguento veniva spalmato le ferite si chiudevano perfettamente e la pelle tornava liscia e rosea.

Traboccante di felicità, ella chiamò il Re, il quale non voleva credere ai propri occhi: il suo figliolo riposava sereno, perfettamente guarito.

«Chiedete quello che volete, dottore» disse poi il Sovrano. «Avete diritto alla più ricca ricompensa». «Non voglio denaro» disse

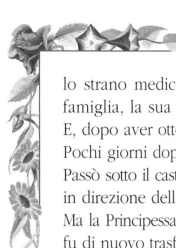

lo strano medico. «Datemi solo lo scudo del Principe con lo stemma di famiglia, la sua bandiera e il suo giubbetto giallo insanguinato».

E, dopo aver ottenuto ciò che aveva chiesto, se ne andò.

Pochi giorni dopo il Principe era di nuovo nel bosco a cacciare.

Passò sotto il castello della Principessa, ma non alzò neppure un attimo il capo in direzione della finestra dove un tempo si affacciava la sua amata.

Ma la Principessa, che lo stava fissando, prese il librone, lo sfogliò e il Principe fu di nuovo trasformato in canarino. Volò nella stanza della fanciulla, ritornò uomo e, arrabbiatissimo, le disse:

«Non ti basta avermi fatto trafiggere dai tuoi spilloni? Lasciami andare, non ti voglio più vedere!»

«Ma sono io che ti ho guarito!»

«Non è vero» continuò il Principe. «A salvarmi è stato un medico venuto da lontano, che come ricompensa ha chiesto soltanto il mio stemma, la mia bandiera e il mio giubbetto insanguinato!».

Allora la Principessa tra i singhiozzi gli mostrò i tre oggetti, dicendogli:

«Ecco vedi? Io mi sono finta medico per amor tuo! Gli spilloni erano opera della mia crudele matrigna».

Il Principe era incredulo, ma negli occhi pieni di lacrime della Principessa lesse la sincerità e l'amore.

Cadde in ginocchio, chiedendole perdono.

Poi ritornò a casa e comunicò al padre la sua intenzione di sposare la fanciulla del bosco.

Ma il Re non era d'accordo e sosteneva che egli avrebbe dovuto sposare soltanto la figlia di un Re.

Il giovane tuttavia ribatté:

«Sposerò la donna che mi ha salvato la vita».

Così si prepararono le nozze e furono invitati tutti i reali dei dintorni.

Fu invitato anche il padre della Principessa, senza sapere che le nozze erano quelle della propria figlia.

Quando la vide fu sorpreso, ma corse ad abbracciarla:

«Figlia mia!». Il Re padrone di casa mostrò meraviglia:

«Come? La sposa di mio figlio è vostra figlia? Perché non me l'avete detto?».
«Perché» intervenne la giovane «non mi considero più figlia di un uomo
che m'ha lasciato imprigionare da una perfida matrigna!»
E nel dire queste parole indicava la Regina.
Il padre allora venne a conoscenza delle sofferenze della sua figliola e,
preso dallo sdegno per la Regina, la fece subito imprigionare.
Così le nozze furono celebrate con grande felicità
e soddisfazione da parte di tutti, ad eccezione
di quella sciagurata, che non poté fare altro che
mangiarsi le mani in disparte.

La fiaba dei gatti

Una donna aveva una figlia che amava moltissimo e una figliastra che trattava come un ciuco da fatica. Un giorno mandò la ragazza a raccogliere cicorie. Come al solito ella ubbidì, ma arrivata in un campo, invece delle cicorie, vide un bel cavolo: era così bello che la ragazza lo prese fra le mani e, tira e tira, lo sradicò. Ma che sorpresa! Sotto il cavolfiore si apriva un pozzo e, dato che c'era una scaletta appoggiata, la ragazza scese e si trovò in una casa piena di gatti, tutti affaccendati.

C'era infatti chi spazzava la stanza, chi lavava i panni, chi preparava il pranzo. La ragazza, abituata a lavorare, si mise subito ad aiutare ora l'uno, ora l'altro: risciacquò i panni, impastò il pane, lavò il pavimento.

A mezzogiorno in punto comparve Mamma Gatta e annunciò:

«Il pranzo è pronto! Chi ha lavorato venga a mangiare, chi non ha fatto nulla venga a guardare!».

Allora i gatti dissero:

«Mamma, tutti ci siamo dati da fare, ma questa ragazza ha fatto il doppio di noi».

«Brava, siediti dunque e mangia con noi».

Così dicendo Mamma Gatta le riempì il piatto di maccheroni, poi le diede un galletto arrostito e dell'insalatina fresca. Ai gatti diede invece solo un piatto di fagioli. Ma la ragazza si sentiva a disagio e volle spartire il suo cibo con i gattini, che la guardavano affamati.

Dopo pranzo la fanciulla sparecchiò la tavola, sciacquò i piatti e rimise in ordine la cucina. Poi disse:

«Gatta mia, adesso bisogna che io me ne vada, altrimenti faccio tardi e mia madre mi sgrida».

«Aspetta un momento, voglio darti una cosa».

E condusse la ragazza in un grande ripostiglio, dove c'erano da un lato abiti fini di seta, grembiuli di lino, scarpine di raso e dall'altra vestiti di cotone e di lana, adatti a chi fa le faccende di casa.

La gatta la invitò a scegliere ciò che voleva.

La povera ragazza, che andava sempre in giro scalza e con gli abiti stracciati, si diresse verso i vestiti da lavoro e si scelse un vestito di lana, un paio di scarpe di vacchetta e un semplice fazzoletto da mettere al collo.

«No, non va bene» disse la gatta. «Sei stata così generosa coi miei gattini, che meriti un bel regalo».

E le diede il più bell'abito di seta, un bellissimo fazzoletto azzurro e delle scarpine di seta dello stesso colore; poi aggiunse:

«Ora vai e fai attenzione, nel risalire, ai buchini che ci sono nel muro: tu infilaci e dita, poi alza la testa».

Così fece la ragazza e quando ritirò le mani da quei buchi se le ritrovò completamente inanellate!

A ogni dito splendeva un gioiello diverso; e, quando alzò la testa, una stella le cadde in fronte.

Ritornò a casa agghindata come una sposa!

La matrigna si stupì della trasformazione e la ragazza le raccontò candidamente come erano andate le cose.

Il giorno dopo allora la donna mandò nello stesso posto la figlia, raccomandandole: «Va' e fai come tua sorella».

Ma questa figliola, che era molto pigra e viziata, si lamentava del freddo e della strada da fare; insomma la madre la dovette mandare fuori a suon di legnate.

Finalmente, cammina cammina, trovò il cavolfiore, lo tirò con forza, scese la scaletta, trovò la casa dei gatti, ma appena li vide cominciò a giocare e a far dispetti a tutti: il primo lo sollevò per la coda, al secondo strappò tutti i baffi, a quello che cuciva sfilò l'ago. I poveri mici miagolavano disperati.

A mezzogiorno in punto Mamma Gatta annunciò: «Chi ha lavorato venga a mangiare, chi non ha fatto niente venga a guardare!».

«Mamma, noi volevamo lavorare, ma questa ragazza dispettosa ce l'ha impedito!».

Alla ragazza la gatta diede solo del pane duro bagnato con l'aceto e ai suoi gattini invece maccheroni al pomodoro e carne arrosto.

Ma la ragazza non faceva altro che mettere le mani nei piatti altrui.

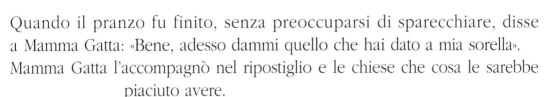

Quando il pranzo fu finito, senza preoccuparsi di sparecchiare, disse a Mamma Gatta: «Bene, adesso dammi quello che hai dato a mia sorella». Mamma Gatta l'accompagnò nel ripostiglio e le chiese che cosa le sarebbe piaciuto avere.

«Voglio quella bellissima veste trasparente e quelle scarpine col tacco!» rispose la ragazza.

«Ecco la tua roba» disse la Gatta e le consegnò una veste di lana unta e bisunta e un paio di scarpe vecchie tutte sfondate.

Le mise al collo un cencio logoro e le disse:

«Vattene, e uscendo infila le dita nei buchini nel muro, poi alza la testa in aria».

Quando la ragazza ebbe infilato le mani nei buchini, se le ritrovò piene di vermi viscidi e appiccicosi e più tentava di staccarseli, più questi le si attorcigliavano. Alzò il capo e le cadde in bocca un lombrico.

Lei lo morsicava perché s'accorciasse, ma quello di nuovo le pendeva dalle labbra.

Appena la madre la vide così, ne morì di rabbia.

E anche la ragazza, a furia di mangiare il lombrico tutti i giorni, morì di lì a poco.

Invece la sorella gentile e laboriosa si sposò con un bel giovane.

E così stettero belli e contenti,
Drizza le orecchie che ancora li senti.

La storia dell'Uccellin Belverde

C'erano una volta tre sorelle così povere, ma così povere che avevano un abito solo e se lo passavano per poter uscire di casa.

Una sera parlavano così del loro avvenire:

«Se io potessi sposare il panettiere del Re gli farei il pane più buono del mondo!» diceva la prima.

«E se io potessi sposare il cuoco del Re gli preparerei dei piatti così squisiti, da non aver paragoni con altri al mondo» diceva la seconda.

«Io vorrei qualcosa di ancora più difficile: vorrei sposare il figlio del Re e dargli due bambini stupendi, una bambina col sole e la luna in fronte e un bambino con la croce di cavaliere».

Un servo del Re, che aveva udito queste parole, le ripeté a questo e a quello e alla fine anche il Re in persona le venne a conoscere. Il Sovrano decise allora di far chiamare a palazzo le tre sorelle e di metterle alla prova. Nello stesso giorno si sposarono tutte e tre: la maggiore il panettiere, la seconda il cuoco e la più giovane il figlio del Re.

Ben presto tutti si accorsero che le prime due avevano mantenuto la promessa. Infatti il pane che faceva la maggiore era il più croccante e profumato che si fosse mai assaggiato e le pietanze cucinate dalla seconda erano le più gustose e delicate di tutto il regno.

Per la terza ci volle un pò di tempo in più: tuttavia il Principe era felice e affettuoso e attendeva la nascita dei bambini. Un giorno dovette partire per una guerra e mentre egli era lontano da palazzo, la moglie mise al mondo un bambino e una bambina bellissimi, la femminuccia col sole e la luna in fronte, il maschietto con la croce di cavaliere.

Ma la Regina Madre, che odiava la sposa del figlio, prese i bimbi e li fece gettare nel fiume. Al loro posto mise due porcellini. Poi scrisse al figlio la terribile notizia: sua moglie non aveva saputo mettere al mondo che due bestioline.

Il Principe
ritornò dalla
guerra e, col fuoco
negli occhi incattiviti,
ordinò che i maialini fossero arrostiti e la moglie fosse
incatenata e murata fino alle spalle,
fuori dalla porta del palazzo.
Ordinò inoltre che chiunque passasse di lì
fosse obbligato a sputarle in faccia per castigo.
Ma i due bambini in realtà non erano morti:
il cesto in cui erano stati adagiati era stato portato lontano dalla corrente ed era finito vicino alla ruota
di un mulino.
Il mugnaio si accorse di quei bei marmocchi e impietosito
li portò a casa dalla moglie, che li allevò con amore insieme a un altro figliolo
che era poco più grandicello.
I due bambini crebbero belli e felici, ma un giorno, giocando con altri ragazzi, si sentirono dire:
«Bastardi!».
Il ragazzo andò da quello che credeva suo padre e gli chiese:
«Babbo, perché ci chiamano bastardi?».
Allora il mugnaio spiegò che in effetti essi non erano figli naturali e che li aveva
trovati per caso nel fiume. Allora il ragazzo disse:

«Vi ringraziamo
per tutto quello
che avete fatto per
noi, ma se non siamo
vostri figli ce ne andremo
a vivere per conto nostro».
E, presa la sorellina per mano,
s'incamminò. Arrivati in un bellissimo bosco
di castagni, si costruirono una capanna per viverci.
Col passar degli anni si fecero sempre più esperti nella
caccia e nella raccolta dei frutti del bosco. Si costruirono una casa di
mattoni, attorno alla quale piantarono rose, gelsomini, ortensie, margherite e
lillà. Era un giardino incantevole che attirava api, farfalle e uccellini!
Intanto la crudelissima Regina Madre pensava in continuazione ai suoi nipoti e la rodeva il dubbio che non fossero davvero morti. Un giorno mandò
a chiamare la Strega del Monte e venne così a sapere che i due giovani erano
vivi e felici in una deliziosa casetta dove non mancava nulla. La Regina, verde
come una vipera, disse alla Strega del Monte: «Va' subito e uccidili».

«Sacra Maestà, farò l'impossibile per voi».

E dopo essersi trasformata in una povera vecchina, la Strega bussò alla porta della casetta nel bosco.

La ragazza era sola e accolse con gentilezza la vecchia che le disse:

«Com'è bello qui, proprio bello... peccato che vi manchi qualcosa».

«Che cosa manca, nonnina?»

«Vi manca l'acqua che brilla».

«E dove si può trovare?»

«Bisogna andare in fondo a questa strada, dove il bosco finisce. Laggiù c'è una sorgente meravigliosa, basta prendere un po' d'acqua in una boccettina e portarla in questo giardino. Sarà poi necessario costruire una bella vasca e versarvi il contenuto della boccettina per vedere zampillare una nuova sorgente dell'acqua che brilla».

La sera la fanciulla raccontò al fratello della strana vecchia e del fatto che alla perfezione della loro casa mancava solo l'acqua che brilla.

La mattina seguente il ragazzo si mise in cammino. Stava per uscire dal bosco, quando vide seduto sul tronco di un faggio un simpatico vecchio, che gli chiese: «Dove vai ragazzo?»

«Vado a prendere l'acqua che brilla» rispose il ragazzo sicuro di sé.

«L'acqua che brilla? Non andare! Nessuno è mai tornato vivo da quel posto!»

«Io voglio provare».

«Allora ascolta i miei consigli. Lungo la strada vedrai immagini spaventose, ma tu non farci caso, non rispondere né ribattere ad alcuna voce. Forse così riuscirai nell'impresa. Buona fortuna!»

Cammina cammina, appena fuori dal bosco, al ragazzo parve di vedere un branco di cani feroci che gli ringhiavano addosso, ma egli fece come se nulla fosse, e l'immagine sparì. Poi gli sembrò di vedere tori e cavalli selvaggi venirgli addosso. Di nuovo si fece coraggio, andò avanti come se nulla fosse.

E di nuovo fu silenzio. Così giunse in fondo alla strada, dove vide una sorgente con l'acqua che brillava sotto il sole come brillano i fuochi d'artificio in una notte nera e limpida. Riempì la boccettina e se ne tornò dalla sorella. Poi insieme costruirono una vasca dove versarono l'acqua: essa brillava in effetti sia di giorno che di notte.

La Strega del Monte ci rimase male e pensò di inventare una nuova trappola mortale.

Tornò alla casetta, travestita da nonnina innocente, e si rallegrò nel vedere l'acqua meravigliosa.

«Che splendore ora questo giardino, è quasi perfetto…»

«Che cosa manca ancora, nonnina?»

«Eh, figlia mia, ti manca l'albero di tutti i suoni».

«E dove si trova?»

«Bisogna proseguire per la strada della sorgente dell'acqua che brilla; passata questa, si trova una fila di alberi, l'ultimo è l'albero di tutti i suoni.

Basta prenderne un solo ramo, trapiantarlo nel giardino, e sentirai musiche e suoni deliziosi».

Quella stessa sera la ragazza raccontò tutto al fratello e il ragazzo fu così incuriosito da questo albero meraviglioso, che non vedeva l'ora di partire.

La mattina all'alba si mise in cammino. E incontrò nuovamente il vecchio seduto sul tronco del faggio, che lo salutò:

«Buondì ragazzo, dove te ne vai con la zappa sulla spalla?».

«Vado a prendere l'albero di tutti i suoni, nonno» rispose allegramente il ragazzo.

«È meglio se torni indietro subito, non andare!»

«Ce la farò, nonno!»

«Allora stai attento a non voltarti mai neanche questa volta, più avanti vai in quella strada più cose terribili e mostruose ti appariranno».

E fu davvero così: voci, inviti, richiami, ululati, grida terrificanti, tuoni e lampi lo accompagnarono nel suo cammino.

Ma egli non si faceva impressionare.

Così arrivò all'ultimo albero e con la zappa si mise a scavare per cercare un rametto con le radici.

Quindi se ne tornò a casa sano e salvo. I due fratelli trovarono un bellissimo posto soleggiato per l'alberello, che crebbe velocemente. E quale musica soave tra le sue fronde appena c'era un alito di vento!

Di lì a qualche tempo la solita vecchina si fece vedere nuovamente e, dopo aver ammirato il giardino sempre più bello e pieno d'armonia, disse:

«Adesso manca solo una cosa: l'Uccellin Belverde, che parla e canta».

«Oh, ditemi come fare per averlo, mio fratello andrà sicuramente».

«Allora devi dire a tuo fratello che prosegua sempre per quella strada in cui è già stato. Troverà una villa con tre cancelli, ma faccia in modo d'esser là a mezzanotte in punto, perché solo allora sono aperti. Una volta entrato, deve andare sotto un portico dove ci sono tantissime gabbie: è l'ultima, la più sporca di tutte, che deve pigliare; dentro c'è l'Uccellin Belverde».

Così la sera stessa, verso il tramonto, il ragazzo si mise in cammino. Seduto sul tronco del faggio incontrò il solito vecchietto, che stava tornando a casa.

«E dove vai di bello ora, ragazzo?»

«A prender l'Uccellin Belverde che canta e parla».

«Stai attento, ragazzo mio, e una volta entrato fai in fretta perché all'una dopo mezzanotte chiudono i cancelli. Bada come sempre a non voltarti mai e a non rispondere a nessuno. Buona fortuna!».

E infatti quel lungo cammino era accompagnato come al solito da apparizioni, suoni e grida d'ogni genere.

Ecco, ormai aveva superato la sorgente, poi la lunga fila di alberi. Era in vista dei tre cancelli, quando all'improvviso si udì una voce che lo chiamava per nome:

«Ehi, Giovannino, ascolta».

Per un attimo il ragazzo si volse e in quella posizione rimase impietrito come una statua di marmo bianco sotto la luce della luna. Passò un giorno, poi un altro e un altro ancora: la sorella a casa cominciava a disperarsi.

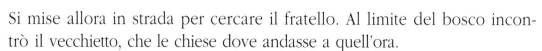

Si mise allora in strada per cercare il fratello. Al limite del bosco incontrò il vecchietto, che le chiese dove andasse a quell'ora.

«Vado a cercare mio fratello, è partito tre giorni fa per cercare l'Uccellin Belverde e non è ancora tornato».

«Tuo fratello è sotto un terribile incantesimo, lo troverai duro come il marmo. Ma se fai come ti dico, riuscirai a liberarlo e tornerete a casa sani e salvi. Ascolta bene: lungo la strada sentirai di tutto, grida, invocazioni, assalti, ma tu fai come se fossi sorda. Quando infine troverai la statua di tuo fratello, ungilo con questa pomata sulla fronte e vedrai che tornerà di nuovo di carne e sangue e ti parlerà. Coraggio vai!».

La ragazza ascoltò i consigli del buon vecchio e attraversò impavida la lunga strada: finalmente vide il fratello sotto la luce della luna, gli corse incontro, gli unse la fronte e immediatamente egli parlò:

«Che ci fai tu qui?».

«Come che ci faccio? Ti ho aspettato a casa per tre giorni e tre notti e sono venuta a cercarti».

«Ora vai a casa che io devo andare a prendere l'Uccellin Belverde».

«Vengo anch'io».

No, sì, no, sì: dopo una lunga discussione andarono insieme. E a mezzanotte in punto i tre cancelli si aprirono, i due ragazzi lesti entrarono, presero l'ultima gabbia, che era davvero la più sudicia di tutte e scapparono a casa.

L'Uccellin Belverde, dalle morbide piume di un verde brillante, era veramente straordinario: quando non parlava, cantava e viceversa.

I due ragazzi trascorsero così giornate meravigliose nel loro giardino, diventato un paradiso in terra.

Un brutto giorno di bufera e grandine, tuoni e lampi, si sentì bussare alla porta: era il figlio del Re, che cercava un rifugio in quel diluvio di acqua e di vento.

Egli rimase nella casetta accolto con grande calore e ospitalità dai suoi figlioli, che purtroppo non riconobbe.

Quando fu il momento di ripartire si fece promettere che il giorno dopo sarebbero andati a pranzo a palazzo reale. La mattina seguente infatti una magnifica carrozza d'oro, tirata da sei cavalli bianchi, era davanti alla casetta nel bosco.

I due ragazzi vi salirono felici ma, appena scesi, videro vicino al portone, una povera donna murata fino al collo: lo sguardo dell'infelice trafisse il loro cuore innocente. Si pentirono quasi d'essere usciti dal loro bosco e di vedere una simile miseria. Mentre pensavano questo, la guardia del Re disse loro che c'era l'obbligo di sputare addosso alla donna.

«Noi non sputeremo su questa donna, non ci ha fatto nulla di male».

Così rispose il ragazzo che stava per andarsene con la sorella, quando il figlio del Re, che li aveva visti dalla finestra, li fece entrare. Furono introdotti nella splendida sala da pranzo: tovaglie ricamate, fiori, bicchieri di cristallo, piatti d'oro e deliziose pietanze. Tutto appariva meraviglioso a quei ragazzi, abituati alla vita semplice del bosco.

Erano un po' impacciati e silenziosi, ma gli invitati li incoraggiarono a prender la parola.

«Che cosa posso raccontarvi? Io e mia sorella viviamo in un bosco profumato e lontano dalla città, abbiamo un giardino meraviglioso, dove ci sono l'acqua che brilla, l'albero di tutti i suoni e l'Uccellin Belverde che canta a parla».

Tutti chiesero di vedere queste cose straordinarie, quando improvvisamente udirono dei suoni melodiosi.

Corsero ai davanzali e videro lì sotto l'acqua che brilla e l'albero di tutti i suoni. Su uno dei suoi rami, con le verdi ali spiegate, cantava l'Uccellin Belverde. Il ragazzo lo chiamò e l'uccellino intonò per lui un canto melodioso. Quando però il Re gli chiese di parlare, l'uccellino raccontò tutta la verità: era stato il re a murare la moglie e abbandonare i figli sotto consiglio della Regina Madre. Raccontò di come quest'ultima li avesse trasformati in maialini e li avesse perseguitati.

Calò un silenzio gelido e pieno di imbarazzo. Il Re, rosso di vergogna, chiese subito perdono in ginocchio alla moglie.

La donna generosa lo perdonò ed ebbero inizio i festeggiamenti.

L'indomani la Regina Madre venne bruciata sulla pubblica piazza e la gente che passava mormorava: «Ben gli sta!».

Giricoccola

Un mercante aveva tre figlie e un giorno dovette partire per affari. Disse allora alle sue ragazze: «Ditemi che cosa volete come regalo, prima che io parta».

E le figliole chiesero dell'oro, dell'argento e della seta da filare. Il padre comperò oro, argento e seta e raccomandò loro di comportarsi bene durante la sua assenza.

Dopo pranzo si misero al lavoro: la maggiore prese a filare l'oro, la seconda l'argento, la più piccola, che si chiamava Giricoccola, la seta.

Tutta la gente che passava davanti alla finestra ammirava le tre belle fanciulle e soprattutto Giricoccola, che era la più carina.

Le sorelle lo sapevano e in segreto la invidiavano. Venne sera e andarono a dormire. Nel cielo anche la Luna sbirciò dalla finestra e disse:

«Quella dell'oro è bella,
Quella dell'argento è più bella,
Ma quella della seta le vince tutte,
Buonanotte belle e brutte!».

Le due maggiori non dormivano e sentirono tutto. Diventarono gialle dalla rabbia e decisero che si sarebbero scambiate i fili.

Perciò il giorno dopo diedero l'argento a Giricoccola, la maggiore si tenne l'oro e la seconda la seta.

La notte, di nuovo, la Luna passò davanti alla loro finestra e disse:

«Quella dell'oro è bella,
Quella della seta è più bella,
Ma quella dell'argento le vince tutte,
Buonanotte belle e brutte!».

Allora il giorno successivo cominciarono a fare tanti sgarbi alla sorellina che ci voleva la pazienza di un santo per sopportarli. Scambiarono nuovamente i fili e a Giricoccola toccò il filo d'oro: s'illudevano così di farsi beffa della Luna. Ma la Luna, guardando le tre fanciulle, disse:

«Quella che fila l'argento è bella,
Quella della seta è più bella,
Ma quella dell'oro le vince tutte,
Buonanotte belle e brutte!».

Le sorelle non sopportavano più di vedere Giricoccola e la rinchiusero nel granaio, con i sacchi di farina.
La poverina piangeva e piangeva.
Ma la notte la Luna con un suo luminoso raggio aprì la finestrella del granaio e prese la fanciulla per mano, portandola tra le stelle.
Il giorno dopo le due sorelle filavano sole solette, davanti alla finestra.
La notte, la Luna si affacciò alla loro cameretta e disse:

«Quella che fila l'oro è bella,
Quella dell'argento è più bella,
Ma quella che è a casa mia le vince tutte,
Buonanotte belle e brutte!».

Le sorelle, in camicia da notte, corsero in granaio e s'accorsero della scomparsa di Giricoccola.

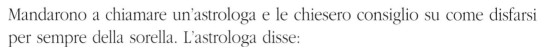

Mandarono a chiamare un'astrologa e le chiesero consiglio su come disfarsi per sempre della sorella. L'astrologa disse:

«Lasciate fare a me» e si vestì da zingarella.

Così conciata andò sotto la casa della Luna, urlando:

«Vendo spilloni! Bellissimi spilloni per poche monete!».

Giricoccola s'affacciò e tutta incuriosita fece entrare la zingara. Questa le disse, premurosa:

«Tieni lo specchio, te li metto io nei capelli».

E così dicendo glieli cacciò in testa e Giricoccola diventò una statua, rigida e dura come il sasso. La Luna tornò a casa dopo il suo giro quotidiano e fu sorpresa di trovare la ragazza in quello stato.

«Te l'avevo detto di stare attenta e di non aprire a nessuno» la sgridò. «Mi hai disubbidito!».

Ma provava tanta tenerezza per quella fanciulla che la perdonò. Sfilò lo spillone e Giricoccola ridiventò la fanciulla allegra e dolcissima di sempre. E promise di stare attenta. Dopo qualche tempo le sorelle consultarono ancora l'astrologa per essere sicure che Giricoccola fosse proprio morta. L'astrologa guardò nella sua sfera di cristallo e vide… Giricoccola felice e contenta a casa della Luna. Le sorelle sembravano impazzite dal dispetto: ordinarono alla maga di uccidere quella smorfiosa immediatamente! Allora la maga si travestì da mendicante e andò di nuovo sotto le finestre di Giricoccola, a vendere dei bellissimi pettini d'avorio. La dolce e ingenua fanciulla non seppe resistere e aprì la porta: la mendicante, con un gesto veloce, le mise in testa un pettine e la fanciulla si pietrificò.

Appena la Luna mise piede in casa e la trovò di nuovo statua, gliene disse di tutti i colori. Quando si fu calmata però si avvicinò alla fanciulla e il suo buon cuore le fece togliere il pettine.

Giricoccola risuscitò per la seconda volta.

«Stai attenta!» le disse poi la Luna. «Se ti succede un'altra volta, ti lascio morta!».

E Giricoccola promise che non sarebbe mai più successo.

Ma invece successe: le perfide sorelle non si arresero e spedirono la maga di nuovo a vendere camicette ricamate. Giricoccola fece appena in tempo a indossare quella che le piaceva tanto, che ridivenne statua.

E la Luna aveva perso la pazienza! Non solo la lasciò statua, ma la vendette per pochi soldi a uno spazzacamino. Questi legò la splendida statua sul suo carretto e se ne andò di paese in città.

Un giorno il figlio di un Re, che vide quella statua, fece di tutto per comperarla.

Ne era rimasto così affascinato che dopo averla pagata a peso d'oro, se la portò nel suo palazzo e passava le ore a guardarla estasiato. Quando usciva, chiudeva a chiave la stanza.

Una sera, tuttavia, le sorelle del Principe entrarono con una chiave falsa e, vista quella splendida camicia, la sfilarono alla statua per farsene una identica. In quel medesimo istante la fanciulla ridivenne di carne e sangue, cominciò a muovere gli occhi e la testa e raccontò tutta la sua penosa storia. Quando il figlio del Re ritornò e non trovò più la sua preziosa statua, fu quasi preso dalla disperazione, ma poi vide le sorelle e Giricoccola conversare amabilmente e ascoltò, deliziato e per la prima volta, la voce della fanciulla.

La chiese in sposa e di lì a una settimana si celebrarono delle nozze meravigliose.

Anche le sorelle di Giricoccola lo seppero, curiosando nella sfera di cristallo e ci rimasero secche, stecchite dalla rabbia.

L'amore delle tre melagrane

Il figlio di un Re mangiava un giorno della ricotta bianchissima. Si tagliò un dito e una goccia di sangue cadde sul formaggio. Disse allora a sua madre:

«Mammà, voglio una sposa che sia bianca come il latte e rossa come il sangue».

«Figlio mio, sarà difficile che tu la trovi. Chi è bianca non è rossa e chi è rossa non è bianca».

Il Principe si mise in cammino e un giorno incontrò un vecchio, che gli chiese: «Giovanotto, dove vai?».

«Nonno, forse voi mi potete aiutare. Cerco una sposa che sia bianca come il latte e rossa come il sangue».

«Figlio mio, chi è bianca non è rossa e chi è rossa non è bianca. Io posso darti queste tre melagrane: aprile e vedi che cosa ne vien fuori. Ma stai attento: prima mettiti vicino a una fontana».

Il giovane cercò una fontana. Poi aprì una melagrana e saltò fuori una splendida fanciulla bianca come il latte e rossa come il sangue, che gli gridò:

«Giovanottino dalle labbra d'oro
Dammi da bere, se no io mi moro».

Il Principe mise un po' d'acqua nel palmo della mano e gliela porse, ma ahimè! Troppo tardi. La bella fanciulla era morta.
Allora egli aprì un'altra melagrana e venne fuori un'altra fanciulla ancor più bella, che gli disse:

«Giovanottino dalle labbra d'oro
Dammi da bere, se no io mi moro».

Prese di nuovo dell'acqua, ma quando gliela porse la fanciulla era già morta. Aprì la terza melagrana e saltò fuori una ragazza ancor più bella delle prime due. Il giovane aveva l'acqua già pronta nella mano e gliela spruzzò subito sul viso. E lei visse. Ma la fanciulla era vestita solo dei suoi lunghi capelli. Il Principe la coprì col suo mantello rosso e le disse:

«Stai seduta su questo albero, che io vado a cercare dei vestiti per coprirti e la carrozza per condurti a palazzo, dove ci sposeremo. Aspettami».

La fanciulla restò sull'albero, vicino alla fontana. Poco dopo arrivò lì la Brutta Saracina. Ella, gettando il secchio nell'acqua, vide riflesso il viso della ragazza sull'albero e disse:

«E dovrò io che sono tanto bella,
Andar per acqua con la secchiarella?»

E senza pensarci due volte, buttò il secchio per terra e quello, che era di coccio, si ruppe in mille pezzi. La padrona di casa gliele diede di santa ragione e le disse:

«Brutta Saracina! Come ti permetti di tornare a casa senz'acqua e senza brocca?».

E la mandò di nuovo alla fontana.

Qui la servetta rivide nell'acqua l'immagine della splendida ragazza e disse:

«E dovrò io,
che sono tanto bella,
Andar per acqua
con la secchiarella?»

Ruppe la brocca, tornò a casa e si prese un sacco di legnate. Quando tornò per la terza volta alla fontana, la ragazza sull'albero, che

era stata silenziosa fino a quel momento, si mise a ridere.

La Brutta Saracina, alzando il capo, la vide e capì d'essersi ingannata. Cercò di nascondere il dispetto e la rabbia e disse alla fanciulla:

«Ah, dunque siete voi che m'avete fatto rompere le brocche! Siete davvero bellissima! Perché non scendete un attimo, vi posso sistemare meglio i capelli».

Dopo varie insistenze, la bella fanciulla si lasciò convincere. La Brutta Saracina le pettinò dolcemente le chiome e poi le conficcò uno dei suoi spilloni nell'orecchio destro.

La bella fanciulla cadde a terra morta. Ma una goccia di sangue, appena toccato il suolo, si trasformò in una candida colomba, che volò via nel cielo azzurro.

Intanto la Brutta Saracina si sistemò sull'albero al posto della bella fanciulla e si mise addosso il mantello rosso.

Il figlio del Re tornò e non la riconobbe.

Le disse infatti:

«Eri bianca come il latte e rossa come il sangue.

Come mai sei diventata così scura?».
E la Brutta Saracina rispose:

«È venuto fuori il sole,
M'ha cambiato di colore».

E il Principe, poco convinto:
«Ma come mai la tua voce è così bassa e roca?».
E la ragazza:

«È venuto fuori il vento.
M'ha cambiato il parlamento».

Il Principe, disperato, esclamò:
«Ma eri così bella! Ora sei diventata proprio brutta!».
E la Brutta Saracina ribatté:

«È venuta anche la brezza.
M'ha cambiato la bellezza».

Basta, il Principe non sapeva più cosa dire.
La prese con sé, la portò a palazzo e la sposò.
Tutte le mattine la colombella bianca si posava sul davanzale
delle cucine reali e chiedeva al cuoco:

«O cuoco, cuoco della mala cucina,
Che fa il Re con la Brutta Saracina?».

E il cuoco rispondeva sempre:
«Mangia, beve e dorme».
E la colombella diceva:

«Zuppettella a me,
Penne d'oro a te».

Il cuoco le porgeva un piatto di minestra
e la colombella, in segno di gratitudine, si

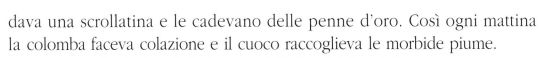

dava una scrollatina e le cadevano delle penne d'oro. Così ogni mattina la colomba faceva colazione e il cuoco raccoglieva le morbide piume.

Un giorno egli decise di informare il figlio del Re dello strano comportamento dell'uccellino.

«Quando vedrete di nuovo la colombella» disse il Principe «prendetela e portatemela che le voglio parlare».

Ma la Brutta Saracina, che aveva un'anima nera, aveva ascoltato tutto dietro la porta. La mattina dopo fu più svelta del cuoco, aspettò che la colombella si posasse sul davanzale e… zac! La trafisse con uno spiedo. La colombella morì. Ma una goccia del suo sangue cadde nel giardino del palazzo reale e in quel punto nacque, per incanto, uno splendido melograno.

Questo albero era però speciale: i suoi frutti avevano la virtù di far guarire tutti quelli che erano in punto di morte.

C'era sempre una fila incredibile di persone che chiedeva di avere una melagrana. Alla fine sull'albero rimase un solo frutto, il più rosso e splendido.

La Brutta Saracina voleva tenerlo per sé.

Un giorno venne una vecchia piangente, implorando:

«Vi prego, datemi quella melagrana miracolosa! Mio marito sta per morire».

«Non se ne parla neppure, è l'ultima e voglio tenerla per bellezza sul mio tavolo da pranzo!».

Intervenne allora il figlio del Re e gliela diede. Così la vecchia tornò a casa con il bellissimo frutto, ma purtroppo era troppo tardi: il marito era già morto. La vecchia mise la melagrana in cucina, sulla tavola; era proprio meravigliosa. Tutte le mattine la vecchia andava alla Messa.

E mentre ella era via, dalla melagrana usciva una bellissima fanciulla, che puliva, accendeva il fuoco e preparava la minestra.

Poi se ne tornava dentro la melagrana.

La vecchia non capiva chi le facesse tutto questo.

Perciò una mattina fece finta di uscire e si nascose dietro l'uscio. Così vide tutto.

Rincasò in fretta e la fanciulla non ebbe il tempo di ritornare dentro la melagrana.

«Chi sei fanciulla? Perché fai tutto questo per me?».

E la fanciulla, spaventata, le raccontò tutta la sua brutta storia.

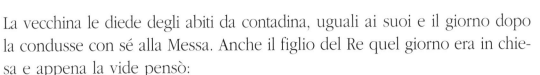

La vecchina le diede degli abiti da contadina, uguali ai suoi e il giorno dopo la condusse con sé alla Messa. Anche il figlio del Re quel giorno era in chiesa e appena la vide pensò:

"Oh, Gesù, quella ragazza è la copia identica della fanciulla che vidi alla fontana!".

Così dopo la funzione seguì la vecchia e la fermò:

«Ditemi da dove viene questa fanciulla».

«Viene dalla melagrana che voi, Altezza, mi avevate dato per mio marito. Vi ricordate?»

«Certo» rispose il Principe. «Ora ricordo. Dunque anche questa fanciulla viene da una melagrana. E come mai eravate dentro alla melagrana?» chiese alla giovane. La fanciulla raccontò le sue tristi vicende.

Egli la portò con sé a palazzo e le fece ripetere tutto davanti alla Brutta Saracina, che diventò ancora più nera e brutta.

Poi il giovane chiese alla colpevole:

«Non sarò io a darti la pena che ti meriti. Scegli tu la condanna più giusta».

E la Brutta Saracina allora disse: «Fatemi fare una camicia di pece e bruciare sul rogo». Fu subito accontentata. E il figlio del Re sposò la fanciulla bianca come il latte e rossa come il sangue.

Madama Cirimbriscola

C'era una volta un boscaiolo che aveva una figlia allegra, intelligente e con la battuta di spirito sempre pronta, che tutti chiamavano scherzosamente Madama Cirimbriscola.

Un giorno, andando a far legna, il boscaiolo trovò vicino a un grande castagno un mortaio. Se lo portò a casa, anche se non sapeva che farne, perché era davvero bello.

Quando sua figlia lo vide, gli suggerì:

«Babbo, se io fossi al tuo posto, porterei questo bellissimo mortaio al Re».

L'uomo seguì il consiglio della figliola, di cui si fidava moltissimo. Ma il Re lo guardò un po' di traverso e gli chiese, piuttosto bruscamente:

«Che cos'è? Che me ne faccio?».

«Sire, ve lo manda mia figlia, Madama Cirimbriscola, con tutto il suo rispetto».

«Ah sì? Allora porta questa cannuccia a Madama Cirimbriscola e dille che mi ci faccia la mazza per il mortaio, altrimenti le faccio tagliare la testa».

Il boscaiolo se ne tornò a casa, battendo i denti per la paura.

«Figlia mia» disse con voce tremante «in quale guaio ci siamo cacciati? Il Re si è offeso e vuole che tu gli fabbrichi in questo momento una mazza per il mortaio, usando questa cannuccia. Come farai?»

Ma la ragazza non si spaventò per nulla e disse al padre:

«Babbo, non devi temere. Prendi queste tre rape e portale al Re; digli

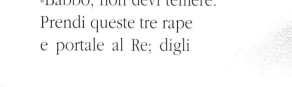

che quando ne avrà ricavato sangue io gli fabbricherò la mazza con la cannuccia».

Il buon uomo, che per quella figlia si sarebbe fatto tagliare a pezzi, si recò alla reggia e fece al Sovrano l'impossibile proposta. Il Re sempre più in collera, diede allora al boscaiolo tre fili di canapa e gli disse:

«Devi dire a tua figlia di tessermi una tela con questi fili, altrimenti le faccio tagliare la testa».

Il poveretto tornò a casa, sempre più intimorito.

«Figlia mia, guarda che cosa mi ha dato il Re! Dice che devi tessergli una tela, altrimenti ti farà ammazzare!»

«Di che ti spaventi, babbo? Tieni queste tre paglie e portale al Re e digli che quando con queste tre paglie egli avrà costruito un telaio, su quel telaio io tesserò».

Alla nuova sfida il Re sbottò con queste parole:

«Va' a dire a tua figlia che, se non vuole essere bruciata viva, mi si presenti davanti né nuda, né vestita, né a piedi, né a cavallo. Le do solo dodici ore!».

Il poveretto ritornò a casa piangendo come una fontana.

«Figlia mia, hai davvero oltrepassato il limite. Il Re è fuori di sé

dalla rabbia: ti dà solo dodici ore per comparirgli davanti né nuda, né vestita, né a piedi, né a cavallo. E adesso che cosa farai?»

La fanciulla ci pensò un momento, poi tutta sorridente gli rispose:

«Babbo, non temete. Procuratemi solo una rete da pesca e una capra».

Così la fanciulla si avvolse nella rete, in modo che non poteva dirsi nuda, ma nemmeno vestita.

Poi si sedette sulla capretta, in modo che non era né a cavallo, né a piedi.

Quando il Re se la vide arrivare davanti, l'ira scomparve dal suo volto, si mise a ridere e le disse:

«Sei davvero una ragazza in gamba. Sei la moglie che cercavo. Io ti sposo, ma a una sola condizione: che prometti di non impicciarti mai dei miei affari. Sei d'accordo?».

Si celebrarono dunque le nozze, solenni e splendide come mai si erano viste nel regno.

E Madama Cirimbriscola stette ai patti, di non occuparsi dei fatti del Re.

Ma un bel giorno di fiera accadde una lite furibonda tra due contadini, così accanita che per risolverla si chiamò il Re in persona.

Era successo questo: un contadino era arrivato alla fiera portandosi una vacca, l'altro si era portato un bue.

Entrambi si erano allontanati per alcuni minuti e, nel frattempo, la vacca, che era incinta, aveva messo al mondo un bel vitellino, sul prato, proprio vicino al bue.

Quando i due omoni furono tornati, nacque una discussione a proposito del vitellino.

Il padrone del bue diceva: «È mio». E il padrone della vacca ribatteva: «È mio, l'ha fatto la mia mucca». E giù botte da orbi.

Portata la questione davanti al Re, questi così sentenziò:

«Ciascuno se ne vada col proprio animale. Vediamo a quale bestia il vitellino spontaneamente andrà dietro; e sarà del padrone di quell'animale».

Il padrone della mucca si alzò per primo, tirandosi dietro la sua bestia, ma il vitellino non si mosse. Il padrone del bue slegò il suo animale ed ecco che il vitellino gli andò dietro.

Così, poiché la parola del Re è sacra, il contadino col bue si aggiudicò il vitellino.

Il padrone della mucca era disperato, ma Cirimbriscola, che aveva visto tutto, lo mandò a chiamare e gli disse:

«Non piangere così. Se prometti di non rivelare a nessuno che io ti ho parlato, t'insegnerò il modo per riavere il vitellino».

Il contadino, felice, promise.

«Fai come ti dico: riempiti le tasche di pezzetti di pane e domani mattina, al sorgere del sole, mettiti nel giardino del Re, vicino alla vasca di pesci rossi. Quando vedrai il Re affacciarsi alla finestra, butta il pane ai pesci, poi batti con una bacchetta sulla sponda e urla a squarciagola: 'Pesci, fuori, a mangiare l'erba'. Il Re ti parlerà e tu, mi raccomando, rispondi a tono, non fare lo sciocco!».

Il contadino fece proprio così.

La mattina dopo era vicino alla vasca di pesci rossi e quanto vide il Re dietro la finestra, buttò il pane e urlò con quanto fiato aveva:

«Pesci, fuori, a mangiare l'erba!».

Il Re aprì la finestra e gli disse:

«Che stupido sei! Non s'è mai visto che i pesci mangino l'erba!».

«Perché voi, Sire, avete visto invece partorire i buoi?» rispose secco il contadino.

Il Re, rosso dalla vergogna, gli disse: «Hai ragione, vai a prenderti il vitellino, è tutto tuo».

Il Re tuttavia, punto sul vivo dalla risposta del contadino, comprese che c'era di mezzo sua moglie. Perciò le disse:

«Avevamo fatto un patto: che tu non ti saresti mai impicciata dei miei affari. Tu non l'hai rispettato, perciò devi andartene. Ti concedo solo di prendere in questo palazzo la cosa che ti è più cara. Addio!».

Madama Cirimbriscola, strano a dirsi, rimase muta. In segreto però comandò al cuoco di mettere un pò di sonnifero nella minestra del Re.

Per questo motivo egli, dopo pranzo, cadde in un sonno profondissimo.

Madama Cirimbriscola diede ordine di trasportarlo in carrozza, nel bosco, dove, un tempo, abitava col padre.

Quando furono giunti alla capanna, fece coricare con delicatezza il Re nella stanza del suo babbo.

Che stupore per il Re svegliarsi in quella povera casa, piena di fumo e modestamente arredata!

«Dove sono? Dove mi trovo? Cirimbriscola! Cirimbriscola! Che scherzo è questo?»

Ella accorse e sorridente gli disse:

«M'avevate concesso di portarmi via ciò che avevo di più caro e io ho obbedito, Sire!».

Il Re non poté fare a meno di mettersi a ridere di gusto, fece pace con la sua sposa, che gli piaceva ogni giorno di più.

Poi decisero di tornare a piedi a palazzo reale.

E là vissero a lungo felici e ridenti.

Liombruno

C'era una volta un pescatore veramente disgraziato: non riusciva a pescare nemmeno un'acciuga e a casa sua la moglie e i figli mangiavano solo polenta con polenta. Un giorno era in mezzo al mare, disperato, con le reti vuote tra le mani e stava per mettersi a imprecare, quando gli si presentò il Diavolo in persona.

«Per quale motivo sei così arrabbiato, marinaio?»

«Come? Non vedete? Anche oggi tornerò a casa con la barca vuota. La mia sorte è davvero cattiva!»

«Se te la senti di fare un patto con me, sarai l'uomo più ricco di tutta la costa e avrai la barca piena di pesci scintillanti tutti i giorni».

«Che patto?» chiese il pescatore, un po' sospettoso.

«Voglio tuo figlio» continuò con un sogghigno il Diavolo.

«Quale?»

«Quello che nascerà tra poco».

Il pescatore stava pensando che già da alcuni anni non gli nascevano bambini e, data la sua età, non gliene sarebbero nati mai più. Perciò disse che accettava.

«Benissimo» concluse allora il Diavolo. «Ci vediamo fra tredici anni, quando mi consegnerai tuo figlio. E per dimostrarti che io sono di parola, da domani farai pesca abbondante».

Il giorno dopo il pescatore non credeva ai suoi occhi: tirava le reti ed erano piene di orate argentate, meravigliosi tonnetti, polpi, dentici, branzini. Era pesce di gran pregio e gli fu pagato a peso d'oro.

E così il giorno dopo. E il giorno dopo ancora.

La fame e la miseria erano scomparse.

E dopo alcuni mesi sua moglie mise al mondo un bellissimo bambino, il più bello e il più sano della nidiata. Fu chiamato Liombruno.

Gli anni volarono e, allo scadere del tredicesimo, il Diavolo si ripresentò al pescatore, che si sentì stringere il cuore alle parole fatali:

«Ehi, marinaio, il tempo è passato. Domani mi devi consegnare tuo figlio».

«Domani?» balbettò l'uomo.

«Sì, domani e non fare scherzi. Io sono stato di parola, ora tocca a te».

«Va bene» mormorò piangendo il poveretto.

Il mattino dopo il pescatore chiese al figlio di portargli il pranzo dentro a un cestino in una zona deserta della spiaggia, dove sarebbe approdato.

Il ragazzo andò, ma naturalmente non vide nessuno; il padre era lontano, in mezzo alle onde, col cuore gonfio di dolore.

Liombruno si mise ad aspettare il padre e, per passare il tempo, giocherellava con dei pezzetti di legno portati sulla riva dalla marea. Aveva fatto delle piccole croci e le aveva disposte casualmente attorno a sé, fischiettando felice.

Non si era nemmeno accorto dell'arrivo del Diavolo, che lo stava fissando.

«Che fai ragazzo?» gli chiese.

«Aspetto mio padre per pranzo» rispose Liombruno.

«Tu devi venire con me!» disse brusco il Diavolo. «Veloce, disfa quelle croci!»

Ma Liombruno si rifiutò, anzi ne stringeva una in mano. Il Diavolo assunse allora un aspetto orribile: lingue di fuoco uscivano dai suoi occhi e dalla bocca, ma non osava toccare il ragazzo.

In quel momento dal cielo scese un'aquila reale dalle morbide e bianchissime penne, che ghermì il ragazzo per le spalle e lo sollevò in aria, sottraendolo a Lucifero.

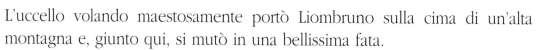

L'uccello volando maestosamente portò Liombruno sulla cima di un'alta montagna e, giunto qui, si mutò in una bellissima fata.

«Io sono la Fata Aquilina. Tu d'ora in poi vivrai con me e diventerai il mio sposo».

Così Liombruno fu educato e istruito dalle fate, che gli insegnarono a maneggiare le armi, a cavalcare, ma anche a dipingere e suonare il liuto.

Dopo alcuni anni tuttavia ebbe nostalgia della sua famiglia e chiese di tornare a casa per rivedere i suoi cari genitori. La Fata Aquilina acconsentì, ma gli disse: «Vai pure e porta con te questo rubino: tutto quello che gli domanderai, l'avrai. Potrai fare felici i tuoi genitori. Fai però attenzione a due cose: devi ritornare entro la fine dell'anno e non devi rivelare a nessuno che io sono la tua sposa».

Al suo paese nessuno lo riconobbe e tutti si domandavano chi poteva essere quel ricco cavaliere che bussava alla porta del vecchio pescatore.

Alla madre, che gli aprì senza riconoscerlo, Liombruno chiese ospitalità per la notte. I due vecchi erano un pochino imbarazzati e dissero: «Certo, cavaliere, accomodatevi. Ci dispiace che la nostra casa sia così in disordine, ma dovete sapere che abbiamo perduto il nostro figlio più giovane alcuni anni fa. Da allora non ci importa più nulla del mondo e nemmeno di questa casa».

Liombruno sorrise e non disse nulla. Si mise a dormire per terra su un giaciglio di paglia, senza lamentarsi.

Mentre la Luna splendeva nel cielo, Liombruno disse al suo rubino: «Trasforma questa povera capanna in un elegante palazzo, arredato con mobili degni di grandi signori e letti morbidi e caldi». E queste richieste furono subito esaudite.

Il mattino dopo il pescatore e la moglie aprirono gli occhi in un letto così morbido, ma così morbido che quasi ci affondavano dentro.

Non riuscivano a capire cosa fosse successo alla loro camera da letto.

«Dove siamo? Marito mio come mai questo letto è così comodo? E queste lenzuola di lino da dove vengono?» chiedeva la vecchia.

Ma le sorprese non erano finite: nel loro armadio, al posto degli abiti logori c'erano splendide stoffe di velluto e, quando si alzarono, videro dalla finestra un meraviglioso giardino.

«Ma che posto è questo?» si chiedevano i due, stropicciandosi gli occhi e dandosi pizzicotti per essere sicuri di non sognare.

«Siete nella vostra casa» intervenne Liombruno a quel punto «e io sono vostro figlio Liombruno, che avete creduto morto».

E li abbracciò. Così i due vecchi iniziarono una nuova vita, ricca e felice.

Ma venne il giorno in cui Liombruno dovette prepararsi a partire. Lasciò loro denaro e gioielli in abbondanza e promise che sarebbe tornato a trovarli ogni anno. Stava cavalcando verso il castello della Fata Aquilina, quando vide una città imbandierata a festa. Si preparava una giostra fra i più nobili cavalieri del regno: chi avesse vinto la giostra per tre giorni di seguito avrebbe sposato la figlia del Re. Liombruno, un po' per gioco, un po' per spirito di avventura, decise di partecipare al torneo: vinse tutte le gare del primo giorno, ma poi scomparve perché non voleva certo sposare quella Principessa.

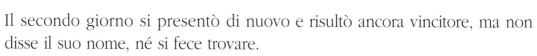

Il secondo giorno si presentò di nuovo e risultò ancora vincitore, ma non disse il suo nome, né si fece trovare.

E anche il terzo giorno vinse.

Il Re, che voleva sapere chi fosse quel misterioso cavaliere, lo fece fermare dalle sue guardie e condurre davanti a sé.

Il Re chiese al giovane:

«Cavaliere sconosciuto, avete partecipato alla giostra vincendo tutti gli avversari. Chi siete? Qual è il vostro nome?»

«Chiedo perdono, Sire, non osavo presentarmi a voi!»

«Ma dovevate! Siete il vincitore della giostra e ora avete il diritto di sposare mia figlia».

«Sono molto spiacente, Maestà, ma non posso».

«Come sarebbe a dire?» chiese il Re molto risentito.

«Sire, vostra figlia è sicuramente una bellissima giovane, ma io ho già una sposa che è mille volte più bella della Principessa».

A queste parole si fece prima un gelido silenzio di imbarazzo, poi un brusio sempre più forte fra i cortigiani.

Infine il Re, che era l'unico ad aver mantenuto la calma, disse:

«Voi vi state vantando, giovanotto, e non possiamo credervi a meno che voi non ci mostriate questa sposa di straordinaria bellezza». E tutti in coro i cortigiani dissero:

«Sì, sì, perché non ce la mostrate?».

Allora Liombruno commise una grave imprudenza, si rivolse al rubino, dicendo:

«Rubino mio, obbediscimi, fai comparire la Fata Aquilina».

Ma il rubino poteva comandare a tutti, tranne che alla Fata Aquilina, da cui derivava la sua forza magica. La fata, sdegnata, non si fece vedere e mandò l'ultima delle sue serve.

Tuttavia anche l'ultima delle sue serve era così bella e soavemente sorridente che la corte rimase a guardarla a bocca aperta.

«Questa non è la mia sposa!» esclamò Liombruno.

«Non è che una delle sue ancelle».

E, tra lo stupore generale, Liombruno ripeté l'ordine al rubino, ma la fata non comparve e mandò la prima delle sue dame. Si sentirono esclamazioni di meraviglia e ammirazione e tutti dicevano:

«Bellissima! È davvero bellissima la tua sposa!».

«Ma nemmeno questa è la mia sposa» ribatté Liombruno.

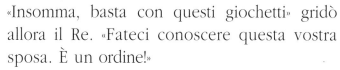

«Insomma, basta con questi giochetti» gridò allora il Re. «Fateci conoscere questa vostra sposa. È un ordine!»

Il giovane aveva appena finito di parlare, quando in una nuvola di luce apparve finalmente la Fata Aquilina: tutti ammutolirono e fissarono sbalorditi la giovane donna.

Il Re stesso era senza parole, s'inchinò e la Principessa fuggì via in singhiozzi.

La fata s'avvicinò a Liombruno, gli tolse di mano il rubino e gli disse:

«Traditore! Che hai fatto? Mi hai perduta per sempre…».

E sparì.

Anche il Re era in collera con Liombruno; infatti gli disse:

«Dunque tu hai vinto perché possedevi quello straordinario rubino. Sei un imbroglione! Servi, cacciatelo a bastonate, ecco quel che si merita!».

E il giovane fu bastonato a sangue e abbandonato con gli abiti a brandelli in mezzo alla strada.

Appena Liombruno ebbe di nuovo un po' di forza, si rialzò e a piedi si diresse verso la porta della città.

Si sentiva infelice e sconfitto, tuttavia riprese il cammino, senza una meta precisa.

Era notte quando giunse al limitare di un bosco e sentì degli uomini discutere molto animatamente.

Erano dei ladri che si stavano spartendo un bottino.

Quando lo videro, lo invitarono a unirsi a loro.

«Ehi tu bravo giovane, vieni qui, perché non ci fai da giudice?
Ci rimettiamo alla tua decisione per quello che tocca a ciascuno di noi».

«Che cosa dovete spartirvi?»

«Ecco qui: una borsa, che ogni volta che si apre butta fuori cento monete d'oro; un paio di stivali che chi li mette ai piedi corre più veloce del vento e infine un mantello che rende invisibile chi lo indossa».

«Fatemi vedere bene, se devo dare un giudizio. La borsa funziona proprio come dite, bene, bene. Vediamo gli stivali: belli e comodi» disse Liombruno indossandoli; poi si mise sulle spalle il mantello e se lo allacciò. Poi chiese:

«Mi vedete?»

«Certo».

«E ora, mi vedete ancora?»

«No, non ti vediamo».

«E non mi vedrete più! Addio!»

E Liombruno, reso invisibile dal mantello, correva come il vento: portandosi via la borsa, volava su boschi e villaggi, percorreva monti e valli, superava fiumi e castelli.

Si fermò a un certo punto vicino a una casetta, da cui usciva un filo di fumo. Era un luogo isolato, sopra le pendici scoscese di un monte.

Liombruno bussò e una vecchia venne alla porta, chiedendo:

«Che cosa vuoi?».

«Sono un povero giovane e cerco un riparo per la notte, buona donna».

«Hai sbagliato posto! Questa è la casa dei Venti e io sono la Voria, la loro madre. Se ti trovano ti mangiano!»

«Vi prego aiutatemi, nascondetemi da qualche parte: io sono in viaggio

per ritrovare la mia amata sposa, la Fata Aquilina, e finché non l'avrò trovata non avrò pace».

L'anziana donna nascose Liombruno in una vecchia cassapanca tutta tarlata. Di lì a pochissimi minuti si udì un boato terribile tra le gole della montagna: gli alberi si piegarono quasi a terra e una folata gelida avvolse la casupola. Erano i Venti che ritornavano.

Il primo naturalmente fu Tramontana, gelido e pieno di ghiaccioli tra i capelli, poi vennero avanti Maestrale, Grecale, Libeccio e per ultimo Scirocco che, appena fu entrato, fece diventare tutta la casa più calda.

Tutti, entrando, fecero la stessa osservazione:
«Ucci, ucci, che buon odor di cristianucci! Hai cucinato un bel cristiano mamma?».

«Ma cosa dite, ragazzi, in questo nido di aquile non può arrivare alcun cristiano! Su avanti sedetevi che la polenta è pronta».

E la vecchia mise in tavola una bellissima e fumante polenta e delle deliziose salsicce. I Venti mangiarono fino a sentirsi scoppiare la pancia.

Poi Maestrale disse:

«Mamma, siamo così sazi che anche se avessimo un cristiano a portata di mano, non gli faremmo niente».

«Davvero?» chiese la vecchia. «Promettete!»

E i Venti promisero, perché erano bravi figlioli. Allora la vecchia fece uscire Liombruno dalla cassapanca e il giovane raccontò le sue disavventure e la sua disperazione nell'aver perduto la sua bellissima sposa.

Nonostante i loro numerosi giri attorno al mondo, pareva che nessuno di loro sapesse qualcosa della Fata Aquilina. Soltanto Scirocco, dopo aver riflettuto, disse:

«Io so qualcosa di questa fata. È malata d'amore, piange in continuazione, dice che il suo sposo l'ha tradita e si sta consumando nel dolore. Io che sono un dispettoso, le spalanco sempre le finestre e le butto tutto all'aria!».

A queste parole Liombruno disse:

«Oh Scirocco, aiutami! Sono io lo sposo della Fata Aquilina, ma non è vero che l'ho tradita. Anch'io credo che morirò se non potrò più rivederla».

«Ma come faccio a portarti con me? Io vado così forte che nessuno riesce a starmi dietro!»

«Non ti preoccupare» disse Liombruno che pensava ai suoi preziosi stivali.

«Io ti seguirò, ma ti prego portami da lei».

«Se proprio insisti, partiremo domani mattina».

Così fecero.

Scirocco partì come un fulmine, e correva correva, ma ogni volta che si girava vedeva Liombruno dietro di sé.

Finalmente arrivarono al palazzo della fata e Scirocco disse:

«Ecco il balcone della tua bella» e gonfiando le gote soffiò e la finestra si spalancò.

Allora Liombruno si mise in ginocchio accanto al letto di lei, che giaceva pallida, come morta; si tolse quindi il mantello che l'aveva reso invisibile fino allora e le sussurrò:

«Sposa mia, apri gli occhi, sono ritornato».

La fata aprì gli occhi e gli gettò le braccia al collo.

Piangendo di gioia, si giurarono eterno amore.

Il giorno dopo diedero un magnifico banchetto e invitarono i Venti, che li avevano fatti ritrovare.

E Scirocco e i suoi fratelli si divertirono un mondo a volteggiare felici attorno al castello.

Il Principe granchio

C'era una volta un pescatore così povero che non riusciva mai a portare in tavola, assieme alla polenta, abbastanza pesciolini da sfamare i suoi figlioli. Ma un bel giorno, tirando la rete, sentì un peso eccezionale: doveva essere un pesce grossissimo. Era tutto contento, anche se faticava a sollevarlo. E tira tira, dall'acqua spumeggiante emerse un granchio bellissimo, con la corazza rossa e luccicante, ma così grosso che non bastavano due occhi per vederlo tutto. L'uomo si stava avviando a casa tutto contento col granchio in spalla, quando decise di andare a venderlo al Re.

Col denaro avrebbe comprato una bella cena per la famiglia.

«Maestà» disse il pescatore facendo un inchino «vi chiedo di farmi la grazia di comperarmi questo bellissimo granchio. Ho una famiglia numerosa e ho bisogno di denaro per sfamare i miei piccoli. Guardate com'è bello!».

Il Re rispose:

«Che vuoi che me ne faccia? Non si può nemmeno mettere in pentola un granchio così!».

In quel momento entrò la figlia del Re, che, tutta emozionata, disse:

«O papà, non dire di no! Compralo per me, mi piace moltissimo, lo metteremo nella peschiera insieme alle orate e ai cefali».

Il Re non seppe dire di no, per quella figlia avrebbe fatto qualsiasi cosa. Così il pescatore ricevette una borsa di monete d'oro e la Principessa il suo granchio. La fanciulla in effetti aveva una vera passione per le creature subacquee

e stava per ore seduta ai bordi della vasca
a guardare quella vita silenziosa ed affasci-
nante: i pesci rossi, argentati, neri e azzur-
ri guizzavano nell'acqua senza posa.

Sapeva tutto di loro e anche del granchio
imparò in fretta le abitudini; si accorse,
ad esempio, che da mezzogiorno alle tre
spariva e non si sapeva dove andasse.

Un giorno un povero vagabondo venne a chiedere la carità.

La Principessa gli buttò delle monete d'oro dalla
finestra, ma il vecchio non fu lesto a raccoglier-
le e il denaro finì in un fosso. Il vagabondo allora scese in acqua e si mise a nuotare.

Il fosso, attraverso una serie di canali, comunica-
va con la peschiera della Principessa e di lì a poco
il mendicante si trovò in una bella vasca,
in mezzo a una grande sala sotterranea, arredata
con mobili e tendaggi. Al centro di questa sala
c'era una bellissima tavola imbandita, sulla quale
c'erano carne arrosto, pane, frutta e torta
alla panna.

L'uomo uscì dalla vasca e si nascose dietro ai tendaggi. E sentite cosa vide.

Era mezzogiorno in punto e nel mezzo della vasca spuntò fuori una fata seduta sulla schiena del granchio; con la sua bacchetta magica toccò il mollusco e dalla corazza uscì un bellissimo giovane, che si sedette a tavola e pranzò con lei. Dopo aver mangiato, la fata batté di nuovo la bacchetta magica sulla spalla del giovane, egli rientrò nel granchio, la riprese in groppa e insieme si immersero nella vasca.

Anche il mendicante, uscito dal suo nascondiglio, si tuffò nuovamente e, attraversando il canale, ritornò alla peschiera della Principessa.

«Che ci fate voi nella mia peschiera? Mi spaventate i pesci!» esclamò la figlia del Re.

Ma il vagabondo le raccontò tutto e la Principessa, incuriosita, disse: «Adesso capisco perché spariva sempre da mezzogiorno alle tre. Bene, domani lo seguirò».

Così il giorno dopo la Principessa, nuotando lungo il canale sotterraneo, arrivò alla sala da pranzo e si nascose dietro le pesanti tende di velluto rosso. Ed ecco, a mezzogiorno in punto, arrivare la fata in groppa al granchio: dal guscio dell'animale uscì lo splendido giovanotto che si sedette a tavola. La Principessa rimase abbagliata dal sorriso del giovane e, se le piaceva come granchio, figurarsi come giovane: il suo cuore si mise a battere forte forte. Mentre egli finiva di pranzare, ella, senza essere vista, s'infilò nel guscio.

Così quando egli fece per rientrarvi trovò la Principessa e le chiese con un fil di voce:

«Chi sei? Che ci fai qui? Se la fata s'accorge di te, ci ammazza tutti e due!».

E lei, sussurrando, rispose: «Ma io vorrei aiutarti! Dimmi che cosa devo fare per liberarti da questo incantesimo!».

«Non è facile, ci vorrebbe una fanciulla che mi amasse tanto da essere pronta a morire per me».

«Eccomi, sono io» rispose la Principessa.

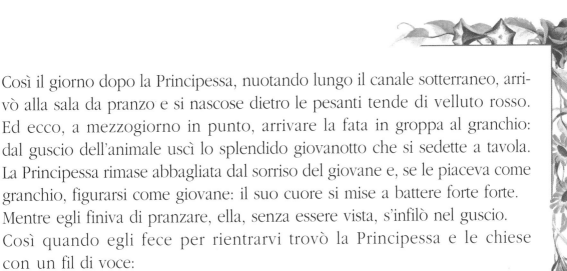

Mentre parlavano, il giovane, che era un figlio di Re anche lui, nuotava attraverso i canali e conduceva verso il mare aperto la fata che gli stava sulla sua schiena.

La fata, che non s'era accorta di niente, fu lasciata sulla riva e il granchio ritornò nella peschiera.

Poi le disse:

«Se sei davvero così coraggiosa e vuoi liberarmi da questa schiavitù, ecco cosa devi fare. Vai su uno scoglio in riva al mare e mettiti a suonare e cantare. La fata ama moltissimo la musica e verrà sicuramente ad ascoltarti. Ti dirà: 'Suona ancora bella giovane'. E tu le dovrai rispondere così: 'Volentieri suonerò, ma vorrei in cambio quella rosa che avete in testa.' Quando l'avrai fra le tue mani, io sarò libero, perché quel fiore rappresenta la mia vita».

La Principessa quello stesso giorno chiese a suo padre di avere un maestro di musica, dicendo che voleva imparare il bel canto. Naturalmente il Re l'accontentò subito e mandò a chiamare i migliori musicisti e iniziarono le lezioni.

La Principessa imparò velocemente, dal momento che aveva un talento naturale e una voce splendida.

Oltre a cantare imparò anche a suonare
magnificamente il violino.

Un giorno disse a suo padre:

«Papà, vorrei andare a suonare su uno
scoglio in riva al mare».

«Su uno scoglio? E perché? Ma è una pazzia!»

Ma, come al solito, il sovrano finì per cedere
e la fece accompagnare da otto damigelle vesti-
te di bianco.

Per proteggerla mandò anche una guarnigione
di soldati armati, che rimasero un po' a distanza.

In piedi sullo scoglio la Principessa cominciò a suonare una dolcissima e struggente musica. Attorno a lei, su
otto differenti scogli stavano le otto damigelle.

E dalle onde del mare emerse la fata, che le disse:

«Come suoni bene, continua, mi piace moltissimo».

E la figlia del Re disse:

«Suonerò volentieri, ma vorrei in cambio quella splendida rosa
che avete in testa: adoro i fiori».

«Te la darò se sei capace di andarla a prendere dove la butto»
rispose la fata e gettò la rosa nel profondo del mare.

La Principessa si tuffò e sembrava una sirena che conosceva le pro-
fondità dell'abisso come le sue tasche.

Le damigelle spaventate chiamarono aiuto, ma non ce n'era bisogno:
la Principessa nuotava con coraggio e sicurezza. Trovò la rosa impigliata in un corallo, la riportò in superficie e, in quel momento, udì
una voce che conosceva:

«Mi hai ridato la vita e sarai la mia sposa. Ora riposati, sarò io
a riportarti a riva».

Così fece.

E il Principe, ritornato finalmente e per sempre uomo, si
recò a palazzo dove chiese la mano della Principessa.

E vissero insieme contenti e felici, guardando guizzare i
loro pesci.

La scommessa a chi primo si arrabbia

Un poveruomo aveva tre figli: Giovanni, Fiore e Pirolo. Sentendo che stava per morire, li chiamò al suo capezzale e disse loro:

«Come vedete figlioli sto per morire. Non ho molto da lasciarvi, a parte tre sacchi di quattrini che ho messo da parte con tanta fatica; prendetene uno a testa e andate per il mondo a cercare una fortuna migliore della mia».

Mentre i ragazzi piangevano in silenzio, il padre esalò l'ultimo respiro.

Fecero come egli aveva detto e si divisero tra loro i soldi; poi il maggiore, Giovanni, disse:

«Ragazzi, non possiamo stare senza far niente. Bisogna che qualcuno di noi parta e cerchi di far fortuna, altrimenti anche i nostri soldi finiranno in fretta».

Fiore, il secondogenito, rispose allora:

«Hai ragione. Domani partirò e andrò in cerca di un lavoro».

La mattina seguente Fiore si preparò, prese la sua parte di denaro e abbracciò i fratelli.

Cammina cammina, verso sera arrivò a una chiesetta, fuori della quale vide l'arciprete, che si godeva il fresco, seduto su una panchina.

«Buonasera, signor arciprete» salutò cortesemente Fiore.

«Buonasera, bravo giovane, dove andate di bello?»

«Per il mondo a cercar fortuna».

«E cosa tenete in quel sacco?»

«Dei quattrini che m'ha lasciato mio padre».

«Fermatevi a lavorare per me e facciamo una scommessa» propose l'arciprete. «Anch'io ho un sacco di monete come il vostro.

Il primo di noi due che s'arrabbia perde i suoi soldi. Che ne dite?»
«Va bene».

Il giorno dopo Fiore andò in campagna e cominciò a zappare e a seminare. L'arciprete gli aveva detto di non tornare a casa per pranzo, perché qualcuno gli avrebbe portato da mangiare sul campo. Fiore si mise a lavorare tutto contento della sua buona sorte.

E continuò senza sosta, sotto il sole, a rivoltare la terra. Venne l'ora di pranzo, ma non vide nessuno. Fiore guardava lungo la strada, aspettandosi da un momento all'altro di veder arrivare la serva, ma niente.

Allora asciugandosi il sudore e piuttosto arrabbiato, si rimise al lavoro, ma aveva una gran fame e non ci vedeva più dallo sforzo. Venne sera e finalmente la serva dell'arciprete arrivò con un sacco di scuse: che aveva avuto mille faccende da fare, e il bucato, e la spesa, e la cucina, e le galline, e l'orto. Fiore stava per scoppiare dall'ira e a stento si trattenne. Mise una mano nella borsa della vecchia e prese un recipiente e un fiasco. Ma il recipiente non s'apriva, pareva sigillato col cemento.

La vecchia, tutta premurosa, disse: «L'abbiamo chiuso bene, perché il cibo non si raffreddasse lungo la strada!».

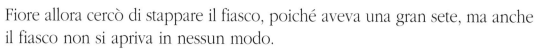

Fiore allora cercò di stappare il fiasco, poiché aveva una gran sete, ma anche il fiasco non si apriva in nessun modo.

Allora il giovane cominciò a imprecare e decise di andare dall'arciprete e dirgliene quattro.

La serva arrivò a casa poco prima di lui e all'arciprete, che era ansioso di sapere com'era andata, disse:

«Tutto bene, reverendo, sta arrivando! È un demonio! Sentirete come è arrabbiato!».

Arrivò Fiore e, rosso in viso, cominciò a urlare e a dire che quelli non erano modi, che lui aveva lavorato tutto il giorno, che era sfinito…

L'arciprete, molto tranquillo, gli disse:

«Giovanotto, avevamo fatto un patto, non vi ricordate? Il primo che s'arrabbia perde i suoi quattrini, per cui ora i vostri soldi mi appartengono».

E Fiore imprecando se ne andò, mentre l'arciprete e le sue serve si piegavano in due dalle risate.

Quando i fratelli videro Fiore tornare a casa dopo appena una giornata e in quello stato, capirono che la fortuna non era stata dalla sua parte. Dopo che Fiore ebbe mangiato e bevuto, Giovanni disse:

«Vuoi scommettere che se ci vado io riporto a casa i tuoi quattrini e mi prendo anche quelli dell'arciprete? Dimmi dove lo trovo e domani mattina all'alba mi metterò in strada».

Così Giovanni partì, ma anche lui non resistette alla fame, alla sete e all'arrabbiatura a causa di quel recipiente sigillato e di quel fiasco da cui non usciva una sola goccia di vino. Perdette anche il suo denaro e il buonumore e tornò a casa afflitto e disperato più del fratello.

Pirolo, il più giovane, non voleva essere da meno e propose di andare lui a recuperare i soldi di tutta la famiglia. I fratelli dissero che era troppo piccolo e inesperto e sarebbe finita male.

Ma lui tanto disse e tanto insistette che alla fine lo lasciarono partire.

Arrivò dall'arciprete che se la rideva sotto i baffi, fecero il solito patto e il parroco disse:

«Io di sacchi di denaro ne ho tre e li scommetto tutti e tre contro il vostro».

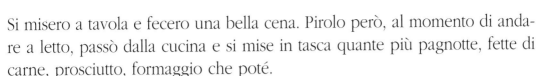

Si misero a tavola e fecero una bella cena. Pirolo però, al momento di andare a letto, passò dalla cucina e si mise in tasca quante più pagnotte, fette di carne, prosciutto, formaggio che poté.

All'alba Pirolo, con la zappa in spalla, si diresse in campagna, lavorò fino a mezzogiorno e, poiché come al solito non arrivava nessuno col pranzo, si mise a mangiare pane e prosciutto. Poi andò in un casolare vicino e chiese ai contadini da bere, dicendo che era il bracciante dell'arciprete. Quindi riprese il lavoro e verso sera fece un abbondante spuntino con pane e pollo freddo. Quando vide arrivare la vecchia con il solito recipiente le fece un bel sorriso.

«Scusatemi, giovanotto,» cominciò a dire la serva «ho fatto un po' tardi…»

«Oh, vi pare, buona donna! A mangiare c'è sempre tempo…»

La vecchia a sentirlo parlare così restò a bocca aperta, tirò fuori comunque il recipiente sigillato e Pirolo, mettendosi a ridere, disse:

«Oh, che bella idea averla chiusa! Così le mosche non vi entrano!».

Con il manico della zappa sfondò il coperchio e si mangiò la minestra.

Poi prese il fiasco, ne ruppe il collo e bevve il vino.

«Andate pure, buona donna, devo finire qui un lavoretto. Ringraziate tanto l'arciprete, la cena era ottima».

La serva corse come il vento ad avvisare il prete che le cose non andavano come le altre volte.

«Questo non si arrabbia, anzi è allegro come una pasqua!»

«Sta' tranquilla che io so cosa devo fare».

Si misero a tavola e Pirolo rideva e scherzava con le serve più giovani mentre l'arciprete stava sulle spine.

«Senti un po', giovanotto - disse l'arciprete - domani dovresti andare al mercato a vendere i maiali: sono ben cento, mi raccomando».

Pirolo il mattino dopo si mise in cammino con quelle grasse e rosee bestiole. Le vendette tutte al primo mercante che incontrò, tranne una bella scrofa, grassa come una mucca.

Prima di consegnare le bestie però aveva tagliato loro il codino.

Tornò quindi verso casa con la scrofa, i novantanove codini e tutti i soldi guadagnati.

Poco prima di arrivare dall'arciprete, piantò in un campo i codini, scavò una grossa buca e ci mise dentro la scrofa, lasciando emergere di questa solo il codino. Quindi si mise a chiamare aiuto:

«Corri, corri don Raimondo,
Che i maiali vanno a fondo!
Van giù tutti a precipizio,
Resta fuori solo il ricciolo!».

L'uomo, tutto trafelato, accorse e si mise le mani nei pochi capelli che aveva.

Pirolo intanto raccontava con gesti concitati:

«Guardate che disgrazia! Ero qui con le bestie e tutt'a un tratto mi sono girato e le ho viste così, come le vedete voi, sprofondate sotto terra. Sono sicuro che stanno scendendo all'Inferno! Datemi una mano e proviamo a salvarne qualcuna!».

L'arciprete si mise a tirare i codini, ma… gli rimanevano in mano; invece Pirolo prese fra le mani il codone della scrofa e, tira tira, la dissotterrò tutt'intera e viva, anche se urlava come se avesse davvero visto il demonio. L'arciprete quasi schiattava dalla rabbia, ma si trattenne pensando ai suoi quattrini e disse amabilmente:

«Ebbene caro figliolo, non te la prendere, Dio ha voluto così!».

Venuta la sera, Pirolo domandò:

«E domani che devo fare?»

«Ci sarebbero cento pecore da portare al mercato, ma non vorrei che si ripetesse la disgrazia di oggi».

«Diavolo! Non pensate mica che saremo sempre così disgraziati! Lasciate fare a me».

E il mattino dopo andò al mercato, vendette le pecore a un mercante, tranne una che era un po' zoppa.

Intascò i quattrini e tornò verso casa.

Quando fu arrivato al campo, dove erano "precipitati" i maiali, prese una scala lunga lunga che era lì per terra, l'appoggiò a un pioppo, salì portandosi sulle spalle la pecora zoppa e la legò in cima all'albero.

Poi scese, tolse la scala e cominciò a urlare con quanto fiato aveva in gola:

«Corri corri, don Carmelo,
Che gli agnelli vanno in cielo!
C'è soltanto quello zoppo,
Ch'è rimasto in cima al pioppo!».

L'arciprete accorse e con gli occhi fuori dalla testa guardava quella scena, senza dire una parola.

Pirolo intanto cercava di spiegargli che cosa era successo:

«Guardi arciprete, ero qui con le pecore e a un certo punto le vedo tutte in cielo come se qualcuno dal Paradiso le avesse chiamate. Solo la zoppa è rimasta: probabilmente ha saltato anche lei ma non ce l'ha fatta. Vedete, è rimasta impigliata fra i rami. Che dite? La vado a prendere?».

L'arciprete, che avrebbe volentieri torto il collo a Pirolo, soffocava dall'ira e rosso come un tacchino, disse:

«Eh, lascia stare figliolo! Dio evidentemente ha voluto così!».

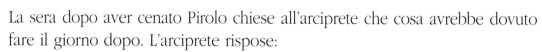

La sera dopo aver cenato Pirolo chiese all'arciprete che cosa avrebbe dovuto fare il giorno dopo. L'arciprete rispose:

«Nulla! Non ho proprio nulla da farti fare, ma mi puoi accompagnare in una parrocchia qui vicino, dove vado a dir messa».

Così il giorno successivo Pirolo svegliatosi di buonora, lustrò bene le scarpe dell'arciprete, si mise una camicia bianca e svegliò il padrone.

Si misero in cammino, ma, fatti pochi passi, si mise a piovere e l'arciprete disse a Pirolo:

«Torna a casa a prendermi gli zoccoli, non voglio sporcarmi le scarpe, che mi servono per dire messa. Ti aspetto qui sotto quest'albero».

Pirolo, entrato in casa, disse alle due giovani serve:

«Presto, venite qui. Vi devo baciare: è un ordine dell'arciprete».

«Baciare noi? Ma siete matto! L'arciprete non può aver detto questo» risposero in coro.

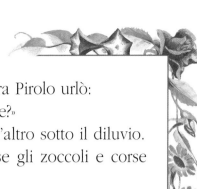

«Ah, così non mi credete!» Allora affacciatosi alla finestra Pirolo urlò:

«Signor arciprete, com'è che ha detto: una o tutte e due?»

«Ma tutte e due! Che domande! E fai presto!» rispose l'altro sotto il diluvio.

«Avete sentito ora?» Pirolo baciò le due ragazze, prese gli zoccoli e corse fuori.

Quando tornò a casa l'arciprete vide che le serve gli tenevano il broncio. Così gli raccontarono di quel bacio rubato. L'arciprete non ne poteva più di Pirolo e voleva licenziarlo. Lo mandò a chiamare.

«Senti giovanotto non ho più lavoro per te, quindi ti licenzio».

«Ma non potete mandarmi via adesso: non lo sa che finché non canta il cuculo non può mandar via un lavorante?»

«Certo, hai ragione, aspetteremo che canti il cuculo».

L'arciprete, che voleva togliersi dai piedi quel giovanotto troppo furbo per lui, architettò un piano: disse alla vecchia serva di uccidere e spennare un paio di galline; quindi di cucirsi addosso le penne.

La sera dopo, su ordine del parroco, la serva salì sul tetto a fare il verso del cuculo.

«Cu-cu! Cu-cu!»

«Senti, senti Pirolo» disse l'arciprete. «Mi pare di sentire il cuculo».

«Ma no, è impossibile, siamo appena a marzo e fino a maggio il cuculo non canta».

Pirolo allora prese il fucile appeso al muro, aprì la finestra e… Pam! Pam! Si sentì uno strano urlo: era la serva pennuta che era stata colpita e stava precipitando!

«Basta! Non ne posso più di te! Sparisci!» urlò a quel punto l'arciprete.

«Siete arrabbiato, signor arciprete?»

«Sì, sono arrabbiatissimo!»

«Bene, bene, allora consegnatemi i tre sacchi di monete e io me ne vado».

Così Pirolo tornò a casa con quattro sacchi di quattrini, più quelli che aveva guadagnato vendendo le pecore e i maiali.

Dopo aver restituito ai fratelli ciò che avevano perduto, mise su una bottega da salumiere, prese moglie e visse felice e contento per tutta la vita.

Belmiele e Belsole

C'era una volta un uomo che aveva due figli, un maschio e una femmina, così belli, biondi e splendenti che li aveva chiamati rispettivamente Belmiele e Belsole. Quest'uomo era maestro alla corte del Re di un paese lontano, così dovette lasciare soli i suoi figlioli.

Un giorno il Re disse al maestro:

«Dato che vostro figlio Belmiele è un così bel giovane, fatelo venire qui, lo farò mio paggio».

Belmiele affidò la sorella Belsole alla balia e andò a fare il paggio alla corte del Re.

Fu subito stimato e benvoluto e, anche quando il padre morì, il Sovrano lo tenne con sé affidandogli un incarico del tutto speciale: spolverare tutti i quadri dei suoi antenati, uomini e donne del tempo che fu. Ma ogni volta che Belmiele faceva questo si fermava estasiato davanti al ritratto di una giovane e bellissima donna.

Un giorno il Re lo vide così assorto che lo richiamò:

«Che hai? Perché ti fermi tanto su quel ritratto?».

«Maestà, sapeste, questa fanciulla è identica a mia sorella, Belsole».

«Non posso crederti Belmiele, ho cercato dappertutto una fanciulla così bella. Ma se è vero, fai venire qui tua sorella e sarà la mia sposa».

Belmiele scrisse alla balia, cui era affidata la sorella, pregandola di mandare la fanciulla al più presto, perché il Re la voleva sposare.

La balia, che aveva una figlia più brutta della fame, quasi schiattava dalla rabbia. Tuttavia si mise in viaggio con Belsole e la sua brutta creatura.

Durante il viaggio in mare però la donna si rodeva il fegato. Mentre Belsole dormiva, la donna diceva alla figlia:

«Ma guarda un po' che fortuna per Belsole sposare un Re, non sarebbe meglio, bambina mia, che lo sposassi tu?».

«Magari, mammina!»

«Allora adesso lascia fare a me, che sistemiamo questa smorfiosa!»

Poco dopo Belsole si svegliò affamata e chiese alla balia qualcosa da mangiare.

«Ho solo pane e acciughe» rispose la donna.

Ma la balia diede a Belsole soprattutto acciughe, che erano salatissime, e così alla fanciulla venne una gran sete e chiese da bere.

«Non abbiamo più acqua dolce, posso darti acqua di mare, se vuoi».

E Belsole bevve, bevve, ma a ogni sorso aveva sempre più sete.

«Balia ho sete ancora!»

«Adesso ti servo io!» disse la balia e presala per la vita la buttò in mare.

In quel momento passava di lì una grossa balena che, spalancata la bocca, s'inghiottì la fanciulla tutta intera, vestiti e scarpe compresi; ma poi, visto quanto era bella, decise di non mangiarla e di tenerla con sé legandola con una lunga catena di alghe.

Appena la barca arrivò a destinazione, Belmiele si recò ad abbracciare la sorella, ma si trovò davanti quell'orrenda fanciulla, con gli occhi storti, i denti in fuori e i capelli neri e ispidi come un istrice.

Sconvolto chiese: «Balia, ma che cosa è successo alla mia sorellina dagli occhi lucenti come le stelle e i capelli luminosi come il sole di maggio?».

«Ah, sapesse signore, ha avuto una malattia terribile ed è un po' cambiata. Ma è sempre sua sorella, no?»

Quando il Re vide la sua promessa sposa restò di sasso, poi disse: «Ah, questa sarebbe la bellezza di cui ti vantavi! Sono stato proprio un bel somaro a darti la mia parola che l'avrei sposata! Ma la parola del Re è sacra. Tu, però, paggio dei miei stivali, d'ora in poi non starai più alla mia corte, ma farai il guardiano di papere».

E il Re, arrabbiatissimo, sposò l'orrenda fanciulla, ma la trattava come se fosse stato uno straccio per i pavimenti. Belmiele intanto pascolava le papere in riva al mare e, mentre le guardava nuotare e starnazzare contente, pensava con tristezza alla sorella.

Ed ecco che un bel giorno sentì una voce provenire dalle onde:

«Oh balena, mia balena,
Allunga questa tua catena,
Lasciami arrivare alla riva del mare:
Mio fratello Belmiele mi vuol parlare».

Belmiele non credeva ai suoi orecchi, si avvicinò alla riva e vide emergere dal blu una bellissima fanciulla che assomigliava come una goccia d'acqua alla sorella… ma no, era lei, era proprio Belsole!

«Sorella mia, come mai sei qui?»

«È tutta colpa della balia, fratello» rispose la fanciulla e gli raccontò com'erano andate le cose durante il viaggio. E mentre parlava gettava oro e perle come becchime alle papere, che le inghiottivano felici.

Venne sera e il mare era nero nero e Belsole salutò il fratello, tirata dalla catena che la legava al fondo del mare. Belmiele con le sue papere prese la via del ritorno. E le papere cantavano in coro:

«Qua! Qua! Qua!
Dal mar veniamo,
Oro e perle noi mangiamo
Sulla piccola e bianca mano
Di Belsole, sposa promessa al nostro Sovrano.
Qua! Qua! Qua!
All'alba al mar torniamo».

Tutta la gente per la strada guardava sbalordita quel lungo corteo di papere canterine. E non smettevano più: tutta la notte nel pollaio si sentì quel coro.

Uno sguattero, che non aveva chiuso occhio per quel vociare, andò a riferire al Re che le papere di Belmiele erano molto strane e avevano cantato tutta la notte.

Il Re trovò la storia molto curiosa e, senza farsi vedere, quella mattina seguì Belmiele. Nascosto in un canneto il Re udì una voce melodiosa e piangente provenire dal fondo del mare:

«Oh balena, mia balena,
Allunga questa tua catena,
Lasciami arrivare alla riva del mare:
Mio fratello Belmiele mi deve parlare».

E dalle onde spumeggianti emerse una bellissima fanciulla bionda come il sole, ma col piede incatenato.
Appena la vide il Re riconobbe la donna del ritratto e disse:
«Tu sei Belsole, la sposa che attendevo!».
E insieme Belmiele e il Re, con un grosso sasso appuntito, ruppero la catena al piede della fanciulla. Poi il Re prese sottobraccio Belsole e la portò alla reggia, seguito da Belmiele e dalle papere che cantavano felici:

«Qua! Qua!
Dal mar veniamo,
Oro e perle noi mangiamo,
Da Belsole becchettiamo.
Ora è sposa del nostro Sovrano,
Re e Regina festeggiamo!».

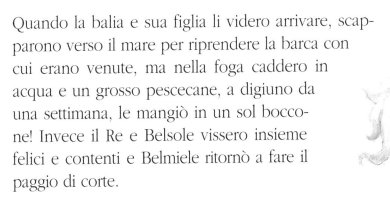

Quando la balia e sua figlia li videro arrivare, scapparono verso il mare per riprendere la barca con cui erano venute, ma nella foga caddero in acqua e un grosso pescecane, a digiuno da una settimana, le mangiò in un sol boccone! Invece il Re e Belsole vissero insieme felici e contenti e Belmiele ritornò a fare il paggio di corte.

La colomba ladra

C'era una volta una Principessa che aveva una treccia così bella e così lunga che non aveva bisogno del parrucchiere e se la pettinava sempre da sé.

Un giorno sedeva alla finestra a intrecciarsi i capelli e appoggiò sul davanzale il suo pettine, ma una colomba bianca lo prese nel becco e se lo portò via volando.

L'indomani la fanciulla si stava di nuovo pettinando alla finestra, quando ecco arrivare la colomba, afferrare di scatto il nastro per fermare i capelli e volare via. Il terzo giorno, la Principessa aveva appena finito di pettinarsi e aveva ancora l'asciugamano sulle spalle, quando di nuovo si presentò la dispettosa colomba, che afferrò l'asciugamano di lino e sparì in mezzo agli alberi.

Questa volta la ragazza, veramente arrabbiata, corse giù e inseguì la colomba, la quale sembrava volesse proprio farsi rincorrere da lei. Infatti l'uccello prendeva il volo, poi si fermava quando la ragazza le arrivava vicino, quindi allargava le ali e via di nuovo.

A furia di piccoli voli la colomba s'era inoltrata nel bosco e la Principessa, nel seguirla, giunse a una casetta solitaria.

La porta era aperta e dentro ella vide solo un bel giovane.

«Avete visto entrare una colomba bianca?» gli chiese.

«Ero io quella colomba».

«Voi? E come è possibile?»

«Sono prigioniero di un incantesimo e non posso uscir da questa casetta sotto forma di uomo, a meno che una fanciulla non sieda qui alla finestra per un anno, un mese e un giorno, sotto il sole e sotto le stelle, con gli occhi fissi alla montagna qua di fronte, dove io volerò sotto forma di colomba».

La fanciulla, senza neppure starci a pensare, si sedette alla finestra.

Passò un giorno, una settimana, un mese, due mesi e la Principessa era sempre seduta alla finestra, il Sole si alzava e tramontava, sorgeva la Luna, che poi sbiadiva nel cielo e lei era sempre là ferma immobile come se fosse stata una statua di legno. Così passarono un anno, un mese e un giorno e la colomba ridiventò uomo e scese dalla montagna. Appena vide la Principessa che era diventata nera e rinsecchita come una prugna, il giovane esclamò:

«Puh! Come sei brutta! Non ti vergogni a farti vedere così malridotta da un uomo?» e le sputò in faccia.

La povera ragazza si sentì morire. Prese a camminare tutta triste, piangendo e singhiozzando. Incontrò tre fate, che le chiesero: «Che hai? Perché ti disperi così?».

La fanciulla narrò la sua sventura.

«Non temere» dissero le fate. «Non resterai certo così!»

E la più grande delle tre le spalmò una crema davvero speciale sul viso e questo divenne bianco e splendente come il Sole.

La seconda le fece indossare un abito di seta trapuntato di gemme. La terza le ornò i capelli e le braccia di splendidi gioielli.

«Vieni ora con noi, andremo al paese dove quel giovane è tornato a essere Re e noi fingeremo di essere le tue serve».

Così fecero e, una volta arrivate, le fate fecero sorgere, proprio davanti al palazzo reale, un altro castello ancora più bello.

Il Re affacciandosi vide quella meraviglia e si stropicciò bene gli occhi: pensava di sognare.

Poi vide alla finestra quella fanciulla che pareva un'Imperatrice e cominciò a farle grandi inchini e riverenze.

«Se comincia a farti la corte, tu dagli spago» le dissero le fate.

E infatti il Re, dopo tanti inchini, cominciò a mandare inviti e la Principessa disse di no due volte, ma alla fine si rivolse al Re dicendo:

«Ebbene, Maestà, se mi volete in visita, dovete far costruire un pontile che colleghi il mio palazzo col vostro e ricoprirlo di uno strato di rose alto due palmi».

Il Re non aspettò nemmeno che finisse di parlare e subito diede ordine di fare il pontile. Decine e decine di donne si misero a coglier rose e a staccarne i profumatissimi petali, a sacchi, a mucchi, a montagne.

Appena il pontile fu pronto, le fate istruirono la Principessa: «Ora vestiti da grande Imperatrice, noi ti seguiremo come tue dame di compagnia. A metà del pontile, fingi di esserti punta con una spina e poi lascia fare a noi».

La Principessa avanzò splendidamente vestita e ingioiellata.

All'estremità opposta il Re l'attendeva tutto impaziente, ma non poteva mettere piede sul pontile per ordine della Principessa.

A metà strada la fanciulla gridò: «Aiuto! Muoio! Una spina m'ha punta!» e cadde tra i petali, fingendo di svenire. Le fate la soccorsero e la riportarono nel suo palazzo.

Il Re rimase impietrito. Dalle sue finestre vedeva entrare e uscire un gran numero di medici, farmacisti e persino un prete. Solo a lui non era permesso entrare. Si diceva che la spina aveva fatto infezione e che la Principessa era in fin di vita. Finalmente dopo ben quaranta giorni la giovane guarì e il Re chiese di essere ricevuto.

Le fate allora consigliarono nuovamente la fanciulla:

«Rispondigli che andrai tu da lui, ma questa volta vuoi un pontile ricoperto da tre palmi di fiori di gelsomino. Quando sarai a metà del percorso, fingerai di esserti punta con un'altra spina».

Il Re fece cogliere tutti i fiori di gelsomino del regno e ne fece un grande e odoroso tappeto. E attese col cuore in gola. Ma giunta a mezza strada la fanciulla cadde come la volta precedente, gridando di dolore. Il giovane Re, dalla disperazione, cominciò a dar testate nel muro, inconsolabile. Poi mandò i suoi messaggeri per chiedere alla fanciulla che si recasse da lui e acconsentisse di divenire sua sposa.

«Riferite» disse la Principessa «che mi avvicinerei a lui soltanto se fosse sul letto di morte!»

Detto fatto, il Re si fece mettere sul letto di morte e, fingendosi morto del tutto, si fece portare sotto le finestre della sua amata.

La Principessa s'affacciò al balcone e disse:

«Puh! Per una donna l'hai fatto?» e gli sputò addosso.

Il Re a sentire quella frase subito si ricordò della sua ingratitudine per la ragazza che l'aveva liberato dal terribile incantesimo e capì che era la stessa persona che gli stava davanti e che gli aveva impartito una bella lezione. Ma in quel momento arrivarono le fate e gli dissero che la Principessa lo aspettava nel suo palazzo.

Così egli le chiese finalmente perdono e subito furono celebrate le nozze!

Le tre raccoglitrici di cicoria

C'era una volta una mamma con tre figlie. Siccome la famiglia era molto povera, le tre sorelle andavano con la madre nei campi a raccogliere la cicoria.

Un giorno, mentre erano in campagna, la figlia maggiore rimase indietro, poiché aveva visto una pianta di cicoria grandissima.

Teresa (così si chiamava la ragazza) si mise a tirare, e tira tira, finalmente riuscì a sradicarla. Ma sotto la pianta si aprì una fossa, in fondo alla quale c'era una botola.

La ragazza era molto curiosa e l'aprì.

C'era una stanza ben arredata e su una sedia a dondolo stava un orco che, appena la vide, esclamò:

«Che profumino di carne umana!»

«Per carità» disse Teresa. «Non mi mangiate! Sono arrivata qui perché siamo molto povere in famiglia e viviamo raccogliendo cicoria. Non mi fate del male!»

Allora l'orco le propose:

«Puoi restare qui a farmi la guardia alla casa, io devo andare fuori a caccia. Ecco qui il pranzo: è un'ottima mano umana bollita con carote e cipolle. Se tu la mangi, quando torno ti sposo. Ma se non la mangi... zac! Ti taglio la testa!».

Teresa, spaventata, assicurò che avrebbe fatto tutto quello che l'orco chiedeva. Egli se ne andò a caccia e la povera ragazza non sapeva come uscire da quel guaio: di tanto in tanto sollevava il coperchio della pentola, guardava la manona e si ritraeva inorridita. Poi decise di buttare la mano nel gabinetto e di versarci sopra un po' d'acqua, convinta che l'orco non se ne sarebbe accorto.

L'orco tornò e le chiese:

«Allora, hai mangiato quella mano?».

«Signorsì,
era buonissima».
«Adesso vediamo» disse
l'orco. Poi gridò: «Mano, dove sei?».
«Son qui nel gabinetto!» rispose la manona.
L'orco allora portò la ragazza in una stanza dove c'erano molte persone con
la testa mozzata e le staccò la testa.
A casa di Teresa intanto la mamma si accorse della sua assenza e chiese
alle altre due figliole che cosa fosse successo.
«Era dietro di noi, mamma, pensavamo si fosse fermata, poi non l'abbiamo
più vista».
Allora uscirono tutte insieme, tornarono in campagna e nel buio la cercaro-
no gridando il suo nome: «Teresa! Teresa!».
Ma niente: nessuno rispondeva.
Piangendo, rincasarono e si misero a tavola, ma ogni boccone era più amaro
dell'altro e non riuscivano nemmeno a parlare tra loro.

Il giorno dopo Concetta, la secondogenita, disse: «Mamma, voglio tornare in campagna dove eravamo ieri, così forse riuscirò a trovare Teresa».

Così fece, si avviò per i campi e arrivò a quel grosso cicorione dove si era fermata la sorella.

Anche lei s'inginocchiò e tirò, tirò tanto che lo sradicò, trovò la botola, scese e trovò l'orco
seduto sulla sua sedia a dondolo che,
appena la vide, esclamò:
«Benvenuta! Come profumi
di carne umana!».
«Pietà, non mangiatemi,
sono una povera
ragazza e sto cer-
cando mia sorella!»
«Tua sorella è
qui, con la testa
mozza, perché
non mi ha ubbi-
dito. Vediamo
come ti compor-
terai tu. Stai qui e
guardami la casa.
Ti lascio come pran-
zetto questo polposo
braccio d'uomo. Se lo
mangi, ti sposo, altrimenti… zac! Ti taglio la testa!»
E l'orco, messo il fucile sottobraccio, se ne andò. Concetta cominciò
a pensare come poteva evitare quel pranzo:
era proprio un braccio umano condito con rosmarino e sale e con contorno di patate arrosto.

Ma il pensiero di mangiarlo la faceva rabbrividire.

Pensa e pensa, decise di scavare una bella buca nell'orto e di seppellirci den-
tro il braccio. Verso sera tornò l'orco e chiese:
«Allora hai mangiato il braccio?».
«Signorsì, era proprio buono!»

«Ah sì? Braccio, dove sei?». «Sottoterra!» gridò il braccio. E Concetta fece la stessa fine della sorella. A casa la mamma e la sorella più giovane, Mariuzza, si disperarono non vedendo tornare Concetta.

Poi la giovane disse:

«Mamma, non piangere, vado a cercarle, abbi fiducia in me». Anche Mariuzza trovò il cicorione, lo tirò, trovò l'orco seduto sulla sedia a dondolo che le disse:

«Le tue sorelle hanno fatto una brutta fine. Se non mangi questo piede umano, bada bene... zac! Ti taglierò la testa!».

L'orco se ne andò nel bosco e Mariuzza cominciò a lambiccarsi il cervello per trovare una via d'uscita. Poi le venne un'idea geniale: prese il piede, lo tagliò in pezzi, lo triturò ben bene, lo mise in una calza e sistemò quest'ultima sotto la gonna, proprio sul ventre.

Quando l'orco rincasò chiese innanzitutto:

«Allora, l'hai mangiato il piede?».

«Oh sì, era proprio delizioso!»

«Vediamo. Piede, rispondi, dove sei?»

«Sulla pancia di Mariuzza» rispose il piede.

«Oh brava, brava, sarai dunque la mia sposa e in segno di fiducia ti consegno le chiavi di casa».

Ma l'orco non le diede la chiave della stanza degli ammazzati.

Per festeggiare il fidanzamento Mariuzza portò in tavola una bottiglia, poi un'altra, poi un'altra ancora.

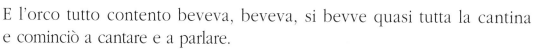

E l'orco tutto contento beveva, beveva, si bevve quasi tutta la cantina e cominciò a cantare e a parlare.

Quando Mariuzza lo vide ben allegro gli chiese:

«Allora, caro maritino, dammi quella chiave, su da bravo».

«Ah no, quella proprio no».

«E perché no?»

«Laggiù ci sono… i morti…»

«Appunto sono morti… non possono risuscitare…»

«Io sì che posso farlo… ho un unguento miracoloso…»

«E dove? Dov'è questo unguento?»

«Nel cassettone…» e l'orco cascava dal sonno, ma Mariuzza lo tenne sveglio con le sue domande.

«E tu non morirai mai?»

«Solo se… solo se si taglia la testa alla colomba…»

«Quale colomba?»

«La colomba nella gabbia: tagliandole la testa si trova un uovo nel suo cervello… se qualcuno mi spacca l'uovo in fronte sono spacciato…»

E l'orco cadde riverso, russando sonoramente.

Ma Mariuzza non perse tempo, veloce corse per la casa a cercare la colomba. Trovò la gabbia, nascosta in cucina, tagliò la testa al povero uccellino, prese l'uovo e fece una bella frittata in testa all'orco.

Questi cadde stecchito sul pavimento, passando dal sonno all'eternità.

Poi Mariuzza andò all'armadio, ne trasse l'unguento, aprì la stanza dei morti e cominciò a ungerli tutti.

Pian piano tutti si risvegliarono dal loro sonno, raccolsero la loro testa e ripresero a vivere.

Il primo a svegliarsi fu un Re, che si chiese stupito: «Che lungo sonno! Che ore sono?».

Ma Mariuzza ungeva anche gli altri: Principi, Conti, Cavalieri, gente comune e le sue sorelle. Tutti si alzarono in piedi felici e contenti.

E quando seppero come Mariuzza aveva sconfitto l'orco, tutti l'acclamarono e la volevano in sposa. Ma Mariuzza sposò un giovane Duca, molto timido e simpatico.

E anche le sorelle furono chieste in matrimonio da quei nobili signori.

Fecero quindi un meraviglioso banchetto di nozze e la mamma di Teresa, Concetta e Mariuzza non smetteva di piangere dalla felicità, al pensiero che le sue ragazze non avrebbero più dovuto andare nei campi a raccogliere cicoria per vivere.

La volpe Giovannuzza

C'era una volta un poveruomo che aveva un solo figliolo, sciocco e ignorante. Quando fu lì lì per morire disse al figlio: «Giuseppe, io sto per andarmene, non ho molto da lasciarti: ho solo questa casetta e quell'albero di pere. Mi raccomando datti da fare». Poi chiuse gli occhi per sempre. Ma quel ragazzo era proprio senza iniziativa, vendeva le pere del suo albero e non faceva nient'altro. La gente si chiedeva: «E quando la stagione delle pere sarà finita come vivrà quel giovane? Non è capace di fare nulla! Non cerca lavoro!».

Ma, sapete la cosa strana? Anche dopo che la bella stagione fu finita l'albero continuava a fare pere, anche in pieno inverno! Era un pero fatato, che dava frutti per tutto l'anno. Così ogni mattina Giuseppe aveva qualcosa da vendere al mercato. Ma un bruttissimo giorno Giuseppe si accorse che qualcuno gli aveva rubato le pere mature. Decise di far la guardia la notte per cogliere il ladro sul fatto.

Purtroppo, verso mezzanotte Giuseppe s'appisolò e... la mattina dopo, di nuovo, le pere da raccogliere erano sparite.

Allora la notte seguente Giuseppe si portò sotto l'albero non solo il fucile, ma anche un flauto per tenersi sveglio. Dopo un pochino smise di suonare, fingendo di essersi addormentato.

Fu così che vide saettare sull'albero una pelliccia rossa: era la volpe Giovannuzza, la ladra! Giuseppe le puntò il fucile tra gli occhi, ma lei supplicò: «Giuseppe, non sparare! Dammi solo una cesta di questi bellissimi frutti e farò la tua fortuna!».

«Oh Giovannuzza, che dici? E io come campo?»

«Fidati di me, dammi le pere e non te ne pentirai!»

Il giovane le diede una cesta di pere bellissime e profumate e la volpe le portò al Re.

«Sacra Corona,
il mio padrone vi
manda questo pic-
colo omaggio, pre-
gandovi umilmente di
accettarlo» disse la volpe,
che era molto cerimoniosa e ci
sapeva molto fare con le persone importanti.
«Pere in questa stagione! E che meraviglia! Come si
chiama il tuo padrone?»
«Conte Pero» rispose pronta Giovannuzza.
«Ma come fa ad avere le pere in questo perio-
do?» domandò il Re.
«Oh, sapesse, Maestà, lui può avere tutto
ciò che vuole, è l'uomo più ricco
che ci sia nel regno».

«Vuoi dire che è più ricco di me?» domandò il Re.

«Credo proprio di sì, Sacra Corona».

«Allora come potrò ricambiare il suo gentil dono? Che cosa posso mandargli come gesto di gratitudine?»

«Non vi date questo pensiero, Maestà, con il Conte Pero rischiate di fare solo brutta figura».

«Ebbene, allora» disse il Re piuttosto imbarazzato «ditegli che lo ringrazio infinitamente delle sue pere».

Qualche giorno dopo la volpe chiese di nuovo a Giuseppe una cesta di pere, ma il ragazzo non ne voleva sapere di accontentarla:

«Ma io muoio di fame, Giovannuzza, non ho nient'altro da mangiare. Sei un'incosciente!».

«Sta' tranquillo e lasciami fare».

La volpe, ottenuta così una cesta ancora più grande della prima, la portò al Re, dicendo:

«Sacra Corona, poiché avete avuto la bontà di accettare la prima cesta di pere, il mio signore, il Conte Pero, si permette di mandarvi un secondo omaggio».

«Ma come è possibile! Pere appena colte! Ma io non so come sdebitarmi…» balbettava il Re tutto rosso in viso.

«Oh, suvvia ci sarà il modo…»

«Ma ditemi come, cosa posso offrire al vostro padrone?»

«Ecco, io penso che… potreste concedergli la mano di vostra figlia».

Il Re esitava, poi disse:

«Ma se lui è tanto più ricco di me, io non posso neanche accettare tanto onore».

«Sacra Corona, se il mio padrone non si preoccupa dei vostri soldi, perché volete darvene pena voi? Che vostra figlia abbia una dote più o meno grande non ha alcuna importanza di fronte alle sue ricchezze, che sono straordinarie».

«Va bene, allora invitatelo qui a pranzo, voglio conoscerlo».

La volpe annunciò a Giuseppe che era invitato a corte e che aveva chiesto per lui la mano della Principessa.

«Giovannuzza, ma che hai combinato? Appena vedrà che sono un povero ragazzo, mi farà tagliare la testa!»

«Ho detto di fidarti di me! Ti procurerò un abito elegantissimo e uno splendido cavallo; tu devi dire solo poche parole, come 'Buongiorno, Maestà' e al resto ci penso io».

Giuseppe, a bocca aperta, ascoltava la volpe senza capire. Giovannuzza si recò dal miglior sarto del paese e disse:

«Il mio padrone, il Conte Pero desidera il più bell'abito che avete, vi pago in contanti, la prossima volta».

Poi si recò da un mercante di cavalli e con fare deciso disse:

«Il Conte Pero, mio signore, ha bisogno di una cavalcatura degna del suo nome, perciò non badiamo a spese, pagamento il giorno dopo».

Così riccamente vestito e in sella a un magnifico esemplare di razza araba, Giuseppe si presentò a corte, accompagnato dalla volpe.

Arrivarono a palazzo e furono accolti da trombettieri e sbandieratori.

Il Conte fece un bell'inchino e disse:

«Buongiorno, Maestà».

Si diressero verso la tavola, imbandita con cibi squisiti, vini rari, splendide fruttiere e vasi di fiori e Giuseppe s'inchinò anche alla Principessa:

«Buongiorno, Principessa».

Poi non disse più nulla.

Il Re lo guardava di sottecchi e, alla fine, chiese alla volpe:

«Comare volpe, che succede? Il vostro padrone, il Conte Pero, non è molto di compagnia».

«Oh, sapeste, Sacra Corona, quando uno è ricco come lui ha tanto cui pensare che resta preoccupato tutto il giorno».

«Oh, già capisco!» disse prontamente il Re e non si azzardò a dire più nulla.

La mattina dopo la volpe si fece dare una nuova cesta di pere da Giuseppe e, dopo averla deposta ai piedi del Re, gli chiese:

«Maestà, il Conte Pero vi manda i suoi saluti per ringraziarvi dello squisito pranzo di ieri e chiede di conoscere la risposta alla sua richiesta».

«Puoi dire al Conte che le nozze possono avere luogo quando a lui piacerà».

La volpe ritornò di corsa e raccontò tutto a Giuseppe, il quale cominciò a disperarsi.

«Ma Giovannuzza, come faccio a sposare la Principessa? Dove la condurrò a vivere? In questa catapecchia?»

«Di questo ti preoccupi? Lascia fare a me. Non ho fatto tutto bene finora? Non sei contento?»

Dopo una settimana furono celebrate le splendide nozze fra il Conte Pero e la bella Principessa.

Passati alcuni giorni la volpe Giovannuzza annunciò al Re:

«Sire, il mio padrone vorrebbe ora condurre la sposa al suo palazzo».

«Naturalmente, e io li accompagnerò: voglio vedere finalmente tutti i possedimenti di mio genero».

«Benissimo e io vi precederò per accertarmi che tutto sia pronto per la vostra visita».

Dopo queste parole la volpe sfrecciò via e corse, corse.

Incontrò un gregge di mille e mille pecore e ai pastori chiese:

«Di chi sono tutte queste bestie?».

«Del Babbo-Drago, naturalmente» risposero quelli.

«Parlate piano» sussurrò la volpe.

«Vedete quelle carrozze che mi seguono? Sono del Re che ha dichiarato guerra al Babbo-Drago.

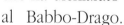

Se dite loro che sono del Babbo-Drago, vi ammazzano!»

«E allora che dobbiamo dire?»

«Mah, vediamo, per salvarvi la pelle dite che sono del Conte Pero!»

Quando il Re raggiunse il gregge e chiese ai pastori a chi appartenevano tutte quelle belle bestiole che brucavano l'erba, si sentì rispondere:

«Al Conte Pero».

«Accidenti! È proprio ricco».

Più avanti la volpe incontrò un branco di mille e mille maiali. Chiese ai porcari: «Di chi sono questi maiali?».

«Del Babbo-Drago».

«Sssstt» fece la volpe «state attenti a come parlate. Vedete quei soldati a cavallo e quelle carrozze? Se gli dite che i maiali sono del Babbo-Drago vi ammazzano. Dovete dire che sono del Conte Pero».

Quando il Re giunse vicino ai guardiani di maiali chiese a chi appartenevano le mandrie e quelli risposero: «Al Conte Pero, Sire».

E poi, incontrando un mandria di cavalli e una di buoi, ottenne sempre la medesima risposta: «Del Conte Pero!».

Il Re era tutto contento perché queste erano le prove evidenti che sua figlia aveva fatto proprio un bel matrimonio.

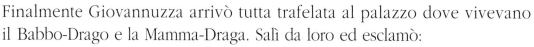

Finalmente Giovannuzza arrivò tutta trafelata al palazzo dove vivevano il Babbo-Drago e la Mamma-Draga. Salì da loro ed esclamò:

«Oh poveretti voi, sapeste che destino vi minaccia!»

«Che c'è, comare volpe?» chiese il Babbo-Drago.

«Vedete quei soldati, quelle carrozze che stanno venendo qui? È un reggimento mandato dal Re che vi ammazzerà, se non vi nascondete al più presto».

«Oh, cielo» cominciò a piagnucolare la Mamma-Draga.

«Aiutaci tu, volpe, che sei sempre così astuta».

«Svelti, svelti, entrate qui nel forno: vi chiamerò io quando se ne saranno andati».

I due vi entrarono velocissimi e dissero poi alla volpe:

«Cara Giovannuzza, chiudi la bocca del forno con quelle fascine di legno perchè non ci vedano».
La volpe obbedì, perché era proprio quello che stava per fare.

Poi si mise sulla porta e quando la carrozza del Re giunse, fece una bella riverenza e disse:

«Sacra Corona, si degni di entrare nella modesta abitazione del mio padrone, il Conte Pero».

Il Re e gli sposi salirono lo scalone d'onore e nell'ammirare le sale, i dipinti e i tappeti di quella dimora, restarono a bocca aperta (compreso Giuseppe, che a fare il Conte Pero cominciava a prenderci gusto). Il Re pensava:

"Nemmeno il mio palazzo è così riccamente arredato! Ho incontrato proprio l'uomo giusto per mia figlia".

Quando ebbero finito il giro d'ispezione, il Re se ne tornò alla sua corte tutto contento.

Intanto il Babbo-Drago e la Mamma-Draga erano sempre chiusi nel forno. Quando fu notte, la volpe si avvicinò e chiese sottovoce:

«Siete ancora lì?».

«Sì, certo».

«Allora ci resterete per sempre». E la volpe appiccò il fuoco ai rami e i due bruciarono là dentro.

«Ora siete ricchi e contenti» disse Giovannuzza al Conte Pero e a sua moglie.

«Dovete promettermi che quando morirò mi farete un bel funerale con una bella bara e con tanti fiori. Me lo merito, no?»

«Oh cara Giovannuzza, perché parli di morte? Sei ancora giovanissima e in gamba! Non ci vorrai lasciare così presto!» rispose la Principessa che si era subito affezionata alla volpe.

Dopo un po' di tempo però Giovannuzza volle metterli alla prova, si buttò sul pavimento con gli occhi spalancati e si finse morta.

La Principessa si disperò e pianse:

«Oh, povera Giovannuzza, è morta! Dobbiamo farle una bella bara e un bel funerale!».

Ma Giuseppe non era così commosso e disse:

«Ma che dici? È solo una bestia, buttiamola nel fosso, non vale la pena di spendere soldi».

E così facendo la prese per la coda. Giovannuzza saltò su, arrabbiatissima, e gli urlò sul naso:

«Oh ingrato, morto di fame, se non era per me saresti a chiedere la carità! È così che ringrazi le persone che ti hanno aiutato? Sei davvero un infame traditore!».

Giuseppe si pentì amaramente delle sue sventate parole e si mise a supplicare la volpe:

«Hai ragione, Giovannuzza, perdonami se puoi, non solo tu mi sei superiore d'intelligenza, ma anche di generosità... Ti prego, dimentica le mie stupidissime parole». Giuseppe piangeva sinceramente perciò la volpe, che era davvero generosa, lo perdonò, perché era incapace di odiare qualcuno e aveva un cuore tenero come la panna montata!

E tutti e tre vissero
Felici e contenti,
Mettendosi ogni giorno
Le pere sotto i denti!

La barba del Conte

S i racconta che Pocapaglia fosse un paese così in cima a una collina, dai fianchi così ripidi, che gli abitanti, per evitare che le uova appena fatte rotolassero giù per i boschi, appendevano un sacchetto sotto la coda delle galline.

Questo dimostra che i Pocapagliesi non erano addormentati come qualcuno diceva e che il proverbio…

Tutti sanno che a Pocapaglia
L'asino fischia e il suo padrone raglia

era una vera malignità dei paesi vicini, i quali ce l'avevano con i Pocapagliesi per il loro carattere tranquillo e per nulla litigioso.

«Aspettate che torni Masino» rispondevano i Pocapagliesi. «Vedremo chi raglierà di più, tra noi e voi!»

Ma chi era questo Masino?

Era il più sveglio di tutti e il più benvoluto da tutto il paese. A vederlo non sembrava niente di speciale, ma era furbo dalla nascita. Infatti, sua madre, appena nato, per irrobustirlo gli aveva fatto fare un bagno nel vino caldo.

E suo padre, per scaldare il vino, ci aveva messo dentro un ferro di cavallo rosso come il fuoco.

Il risultato era stato che Masino aveva assorbito attraverso la pelle la furbizia del vino e la resistenza del ferro.

Dopo quel bel bagnetto, sua madre, per rinfrescarlo, l'aveva messo in una culla di guscio di castagna ancora verde, che, si sa, dà intelligenza.

All'epoca di cui parliamo però Masino era lontano da Pocapaglia, era partito per fare il soldato e non si sapeva nemmeno dove fosse.

Succedevano dei fatti strani nel paese: ogni sera buoi e vac-che che tornavano dal pascolo in pianura venivano rubati dalla Maschera Micillina, una specie di strega del posto. La Maschera Micillina se ne stava appostata nei boschi ad aspettare le mandrie e bastava un suo malefico soffio per portare via un grosso bue.

Dopo il tramonto i contadini battevano i denti dalla paura e cascavano tramortiti, tanto che si diceva:

«La Maschera Micillina
Ruba i buoi dalla cascina,
Guarda con l'occhio storto
E ti stende come morto».

I contadini presero l'abitudine di accendere dei grandi falò per tenere lontana la Maschera Micillina. Ma la perfida strega s'avvicinava senza farsi sentire dal contadino che se ne stava solo accanto al fuoco, lo tramortiva con il suo alito puzzolente e il poveretto, quando al mattino si svegliava, non trovava più le sue bestie.

Tutto il paese allora si metteva a cercare i buoi nel bosco, ma si trovavano solo ciuffi di pelo, forcine e orme di

piedi lasciate dalla malvagia Maschera Micillina. Andò avanti così per mesi e i contadini erano disperati: tenevano le vacche nella stalla perché non fossero rapite e le povere bestie erano diventate così magre, che per pulirle non serviva una spazzola, ma un rastrello che passasse tra costola e costola.

Nessuno osava portare fuori le bestie, né andare nel bosco e così i funghi crescevano grandi come ombrelli.

Sembrava che la Maschera Micillina rubasse solo a Pocapaglia, e non negli altri paesi vicini, forse perché sapeva che solo i Pocapagliesi erano persone pacifiche. La gente si limitava a lamentarsi e a grattarsi la testa.

Ma gratta e lamenta oggi, gratta e lamenta domani, i contadini decisero che bisognava andare dal Conte a chiedere aiuto.

Il Conte, cioè il signorotto del paese di Pocapaglia, abitava in una grande cascina rotonda, difesa da un muraglione seminato di cocci aguzzi di bottiglia.

Una domenica mattina andarono tutti insieme, per farsi coraggio, con il cappello in mano. Bussarono e fu aperto.

I soldati del Conte, che si lisciavano i baffi con l'olio per farli luccicare, li guardarono sospettosi ma li fecero entrare. In fondo al cortile, su una sedia di velluto rosso, stava il Conte con una barba nera lunga lunga, tanto lunga che quattro soldati con quattro pettini la stavano pettinando dall'alto in basso. Finalmente il più anziano dei contadini si fece avanti e parlò:

«Signor Conte, ci perdoni se siamo venuti da lei, ma deve conoscere la nostra sventura: c'è la Maschera Micillina che si prende tutte le nostre bestie e noi siamo ridotti alla fame e non possiamo più neanche portare al pascolo le mandrie».

Tutti annuirono e raccontarono tra sospiri e lamenti tutta quella penosa storia.

Finito il racconto, ci fu silenzio.

«Siamo venuti per chiedere un consiglio a Sua Signoria» aggiunse il vecchio. Ma il Conte restò ancora zitto.

«E dunque siamo qui venuti» riprese il vecchio contadino «per chiedere la grazia a Sua Signoria di venirci in aiuto, magari ci può dare una scorta di soldati per proteggere il nostro bestiame».

Il Conte scosse il capo.

«Mi dispiace, ma se concedo i soldati, devo concedere anche il capitano… e se mi manca il capitano… come faccio alla sera, con chi potrò giocare a tombola?»

I contadini si buttarono in ginocchio.

«Per pietà, signor Conte, ci aiuti!»

Il Conte scosse ancora il capo e disse:

«Io sono il Conte e conto per tre
E se la Maschera non l'ho mai vista
Vuol dire che di maschere non ce n'è».

A quelle parole i soldati smisero di pettinare la barba del Conte, presero i fucili e, a passo lento ma deciso, si diressero verso i contadini e in due minuti sgombrarono il cortile. Tornati sulla piazza del paese tutti i contadini erano più scoraggiati che mai. Il più anziano ebbe un'idea: «Dobbiamo mandare a chiamare Masino! Lui sì ci aiuterà».

Così scrissero una lunga lettera e una sera Masino ritornò davvero.
Che baci e che abbracci! Che festa fecero! E fu tutto un 'Dove sei stato?', 'Che cosa hai visto?', 'Sapessi come siamo disgraziati!'.
Masino parlò delle sue avventure, ma poi si fece raccontare nei minimi particolari quella strana storia della Maschera Micillina e disse:
«Adesso devo farvi tre domande e dopo, suonata la mezzanotte, andrò a prendervi la Maschera e la porterò qui».
«Domanda! Domanda pure!» fecero tutti.
«La mia prima domanda è per il barbiere. Quanti sono venuti da te questo mese?» E il barbiere rispose:

«Barbe lunghe e barbe corte,
Barbe molli e barbe storte,
Capelli ricci e capelli brutti,
Le mie forbici li han tagliati tutti».

«E ora una domanda a te, ciabattino. Quanti ti hanno portato gli zoccoli da aggiustare, questo mese?»
«Ahimè» fece il ciabattino.

«Facevo zoccoli di legno e cuoio,
Ben ribattuti chiodo per chiodo,
Facevo scarpe di seta e serpente,
Ma ora non han soldi
E non mi fan far più niente».

«La mia terza domanda» continuò Masino «è per te, cordaio: quante corde hai venduto in questo mese?». E il cordaio rispose:

«Corde ritorte, corde filate,
Corde di paglia, a strisce e intrecciate,
Corde da pozzo, di vimini e spago,
Grosse un braccio, sottili un ago,
Forti di ferro, molli di strutto,
In questo mese ho venduto di tutto».

«Basta così, ho capito tutto» disse Masino. «Adesso dormo un paio d'ore perché sono molto stanco. Svegliatemi a mezzanotte e andrò a prendervi la Maschera».

Detto ciò, si mise il cappello sulla faccia e s'addormentò.

I contadini, che avevano una cieca fiducia in Masino, stettero zitti e buoni e, scoccata la mezzanotte, lo scossero.

Masino sbadigliò, bevve una tazza di vino caldo, sputò tre volte nel fuoco e poi si diresse nel bosco.

I contadini rimasero accanto al fuoco e aspettarono col fiato sospeso.

Guardarono il fuoco diventare brace, poi la brace diventare cenere e infine la cenere farsi nera nera, fino a quando Masino tornò.

Ma non era solo. Chi si portava dietro, tirandolo per la barba?

Ma quello era il Conte, il Conte in persona e tirava calci, piangeva, chiedeva (incredibile!) pietà.

«Ecco, amici, la Maschera senza più maschera!»

Il Conte, sotto gli sguardi esterrefatti dei contadini, cercava di farsi piccino piccino, si sedette per terra rannicchiato come una mosca quando sente arrivare l'inverno.

«Non poteva essere nessuno di voi» spiegò allora Masino «perché siete andati tutti dal barbiere e non avete pelo da perdere nei cespugli; e poi c'erano quelle impronte di scarpe grosse e pesanti mentre voi andate scalzi. E non poteva essere uno spirito, perché non avrebbe avuto bisogno di comprare tante corde per legare le vostre bestie».

Ma qualcuno chiese:

«E come faceva a tramortirci con lo sguardo?».

«Macchè! Vi dava una legnata in testa con un bastone coperto di stracci, così voi sentivate solo un soffio per aria, non vi lasciava il segno e vi svegliavate con la testa pesante».

«E le forcine?» chiese un altro. «Gli servivano per legarsi la barba sulla testa, come fanno le donne con i capelli lunghi».

Poi Masino chiese:

«E adesso, che cosa intendete fare di lui?».

La domanda provocò una tempesta di grida:

«Lo bruciamo! Lo peliamo vivo! No, lo leghiamo a un palo da spaventapasseri! Lo chiudiamo in una botte e lo facciamo rotolare! No, meglio metterlo in un sacco insieme con sei gatti e sei cani!».

«Pietà» implorava il Conte, bianco dal terrore.

«Vi faccio una proposta: fatevi restituire le bestie e fategli pulire le stalle» disse Masino. «E dato che andar nei boschi gli piace tanto, mandatecelo tutte le notti a far fascine per voi! E dite ai bambini che non raccolgano mai le forcine che troveranno per terra, perché sono quelle della Maschera Micillina, che così non riuscirà più a tenersi in ordine i capelli e la barba».

E così fu fatto.

Poi Masino partì e gli capitò di fare una guerra dopo l'altra, tutte così lunghe che ne nacque il proverbio:

'O soldatin di guerra,
Mangi mal, dormi per terra,
Metti la polvere nei cannon,
Bim-bon!'

Rosmarina

Tanto tanto tempo fa vivevano un Re e una Regina che non avevano figli ed erano perciò molto infelici. Un giorno, passeggiando nell'orto, la Regina vide una bellissima pianta di rosmarino, con tante pianticine figlie attorno.

E disse ad alta voce:

«Guarda un po': quella semplice pianta di rosmarino ha tanti figlioli e io che sono Regina non ne ho neanche uno!».

Poco tempo dopo anche la Regina diventò mamma, non di un bambino, bensì di una pianta di rosmarino. Lei era molto contenta e innaffiava la pianta col latte.

Un giorno venne a trovarli un lontano nipote, che era Re di Spagna, e chiese: «Maestà zia, che pianta è questa, che trattate con così grande cura?».

«Maestà nipote, è mia figlia, ed è ancora piccina, perciò le do il latte quattro volte al giorno, altrimenti muore».

Il giovane era così affascinato dalla piantina che decise di rapirla e, nella notte buia, prese il vaso e lo portò sulla sua nave, si portò via anche una capra per il latte e fece vela verso la Spagna. Così la piantina fu ben nutrita per tutta la durata del viaggio.

Arrivato a casa, fece trapiantare il rosmarino nel suo giardino.

Al giovane Re piaceva molto suonare e tutti i giorni girava per il giardino suonando il flauto e ballando felice e contento. Un giorno, mentre stava suonando una dolce melodia, vide uscire dal rosmarino una bella fanciulla, dai lunghi capelli neri, che si mise a danzare con lui. Appena finita la musica, la fanciulla sparì tra le fronde del rosmarino.

Ogni giorno il Re faceva in modo di sbrigare più in fretta che poteva i suoi affari di stato e poi correva in giardino a suonare e ballare con la fanciulla del rosmarino.

Divennero amici e passavano liete ore conversando fra le rose.

Purtroppo un brutto giorno il Re dovette partire per una guerra in un paese molto lontano e disse alla fanciulla: «Rosmarina, mi raccomando, non uscire dalla tua pianta finché non sarò ritornato. Quando sentirai di nuovo il mio flauto fare do-mi-sol, potrai uscire».

Chiamò il suo giardiniere e gli affidò il compito di innaffiare la piantina con il latte quattro volte al giorno, mettendolo sull'avviso:

«… E mi raccomando, se quando torno la pianta sarà avvizzita, ti faccio tagliare la testa. Parola di Re!».

Dovete sapere che il Re aveva tre sorelle molto curiose, che da molto tempo

si chiedevano perché il loro fratello

passasse così tanto tempo in giardino suonando il flauto.

Appena egli fu partito, presero il suo flauto e andarono in giardino. La maggiore suonò un do, la seconda glielo prese di mano e fece un mi, la terza volle provare pure lei e suonò un sol.

Rosmarina, sentendo le tre note saltò fuori dalla pianta profumata, pensando che il Re fosse già tornato.

Le sorelle malevole e dispettose acciuffarono la fanciulla e la malmenarono, lasciandola a terra più morta che viva.

La poverina sparì nuovamente nella sua pianta.

Il giorno dopo il giardiniere trovò la pianta tutta avvizzita, con le foglie e i rametti tutti spezzati. Spaventato all'idea che il Re gliela avrebbe fatta pagare cara, scappò nel bosco.

Venne sera e si rifugiò su un albero; aveva freddo, fame e paura delle bestie feroci.

Ma il caso volle che proprio sotto quell'albero s'incontrassero a mezzanotte una strega e un mago, bruttissimi e vecchissimi. Dovette per forza ascoltare i loro discorsi.

«Che si racconta di nuovo in giro?» chiese la strega.

«Nulla di particolare… ah sì, la pianta di rosmarino del Re è tutta avvizzita, sembra proprio morta».

«E tu, che ne sai una più del Diavolo, vuoi dirmi che non c'è nessun rimedio?»

«Il rimedio c'è sicuro, ma non voglio dirlo a nessuno!»

«Eh via, chi vuoi che ci senta qui? Qualche civetta forse. Dai racconta.»

«Allora, senti: ma che resti tra noi due, intesi? Bisognerebbe prendere il sangue della mia gola e il grasso della tua pancia, bollirli insieme in una pentola e poi ungere con questo olio la piantina di rosmarino, rametto per rametto. La pianta seccherà del tutto ma la fanciulla che vi è nascosta dentro uscirà e sarà salva per sempre».

Il giardiniere, che aveva ascoltato con il fiato sospeso, per non essere scoperto, aspettò che i due fossero addormentati.

Quando li sentì russare per bene, saltò giù e, preso un ramo nodoso, mandò all'altro mondo il mago e la strega; poi prese il grasso dell'una e il sangue dell'altro e corse a casa.

Li fece bollire, seguendo la ricetta, e con quella pozione si mise a ungere delicatamente la piantina. Dalle fronde aromatiche uscì la bella fanciulla, debole e pallida, che lui portò a casa e mise subito a letto.

Poi le portò da bere un bel brodo di gallina.

Qualche tempo dopo il Re tornò dalla guerra e, per prima cosa, corse in giardino con il flauto e suonava, suonava, ma non succedeva niente. Per forza! Vide poi che la pianta era completamente secca e si precipitò dal suo giardiniere, furente come un gatto selvatico.

«Ti faccio decapitare, oggi stesso!»

«Maestà, entrate un momento in casa, vedrete che bella sorpresa!»

«Bella sorpresa? Mi è bastato quello che ho visto, sciagurato, incapace, incompetente!»

Ma Rosmarina si avvicinò alla porta e l'ira del Re si tramutò nella felicità più grande.

Appena la fanciulla si fu ristabilita si prepararono le nozze.

Furono naturalmente avvisati anche la zia del Re, mamma di Rosmarina, che da quando la piantina era scomparsa era nella più grande disperazione. Ma fu felicissima di sapere che il suo sogno era finalmente diventato realtà: la sua figliola era una giovane donna in carne e ossa e ora diventava sposa del Re di Spagna.

Il matrimonio fu grandioso e ci fu un banchetto con una tavola lunga da un capo all'altro della Spagna.

Pomo e Scorzo

C'erano una volta marito e moglie, gran signori, ma infelici perché non riuscivano ad avere il figliolo che tanto desideravano.

Un giorno l'uomo incontrò un mago e gli chiese:

«Signor mago, come posso fare per avere un figlio?».

Il mago, porgendogli una bellissima mela bianca e rossa, gli disse: «Prova con questa: dalla da mangiare a tua moglie e vedrai che il tuo desiderio si realizzerà».

Così l'uomo portò alla moglie il frutto, raccomandandole di mangiarlo.

La donna tutta contenta disse alla cameriera di sbucciarle la mela e quella obbedì, ma si tenne le scorze, anzi se le mangiò, perché era proprio una mela buonissima ed era un peccato buttar via qualcosa.

Di lì ad alcuni mesi nacque un figlio alla padrona e nello stesso giorno uno anche alla domestica. Il primo era bianco, bianco come la polpa del frutto, il secondo era bianco e rosso come la buccia.

Li chiamarono rispettivamente Pomo e Scorzo e furono allevati insieme come fratelli.

Diventati grandi, Pomo e Scorzo si volevano un gran bene e andavano a spasso insieme. Un giorno vennero a sapere della figlia di un mago, di una bellezza veramente straordinaria, ma che nessuno aveva visto da vicino, perché era tenuta chiusa in casa e il padre non le permetteva nemmeno di affacciarsi alla finestra.

Pomo e Scorzo escogitarono un piano per penetrare nel palazzo della bella fanciulla e si fecero costruire un cavallo di bronzo, grande grande; poi si nascosero dentro alla pancia dell'animale con una tromba e un violino.

Il cavallo camminava da solo, perché aveva le ruote, e rotolò fin sotto le finestre del palazzo del mago.

Giunti qui, Pomo e Scorzo si misero a suonare una bellissima melodia.

Il mago, vedendo quel cavallo da cui proveniva una dolce musica, pensò che potesse essere un simpatico passatempo per la figlia chiusa in casa e lo fece portare dentro dai suoi servi.

La figlia del mago fu entusiasta, ma quando rimase sola e vide uscire dalla pancia del cavallo Pomo e Scorzo, si spaventò.

«Non abbia paura, signorina» dissero insieme i due amici. «Siamo venuti solo per vederla e farle compagnia con la nostra musica. Se le dispiace, ce ne andiamo subito, altrimenti possiamo suonare e ballare insieme».

Così rimasero a lungo e alla fine era la fanciulla a non volere più lasciarli andar via.

«Se vuole, può venire via con me» disse Pomo.

«e diventare la mia sposa. Io ne sarei felicissimo». Ella felice disse di sì e così... corsero via tutti e tre dentro la pancia del cavallo! Quando però il mago rincasò e non trovò la figlia, si arrabbiò come una tigre, s'affacciò al balcone e lanciò contro sua figlia tre maledizioni:

«Che trovi tre cavalli, uno bianco, uno rosso e uno nero; che salti su quello bianco, il suo preferito, e che questo sia il cavallo che poi la tradirà. E se questo non accade, che trovi tre cagnolini, uno bianco, uno rosso, uno nero e prenda in braccio quello nero e che questo sia il cane che la tradirà. E se questo non accade, che la prima notte che dormirà col suo sposo entri una biscia dalla finestra e che questo serpente la divori in un sol boccone!».

Mentre il mago parlava a voce alta e tonante, passarono sotto le sue finestre tre vecchie fate e sentirono tutto. E le tre fate (guarda che combinazione!) quella notte si fermarono, stanche del viaggio, nella stessa osteria in cui s'erano fermati Pomo, Scorzo e la figlia del mago.

Erano tutti e tre addormentati su una panca. Ma a dire il vero, Scorzo non dormiva affatto. Era un ragazzo in gamba: gli avevano insegnato che è sempre meglio dormire con un solo occhio, perciò ascoltò la conversazione delle tre vecchie.

«Guarda un po' dov'è la figlia del mago!» disse la prima. «Dorme beata e non sa cosa le ha augurato suo padre: che abbia a incontrare tre cavalli, uno bianco, uno nero e uno rosso e che lei, quando sarà in groppa al cavallo bianco, il suo preferito, sia tradita dall'animale».

«Ma» aggiunse la seconda fata «se ci fosse qualcuno accorto, taglierebbe subito la testa al cavallo e non succederebbe nulla».

«Silenzio! Perché se qualcuno lo racconterà, pietra di marmo diventerà».

Aggiunse la terza fata:

«Non sa, la poverina, la seconda maledizione: che abbia a incontrare tre cagnolini e che sia tradita da quello nero che prenderà in braccio».

«Ma se ci fosse qualcuno accorto, taglierebbe subito la testa al cagnolino e non succederebbe niente».

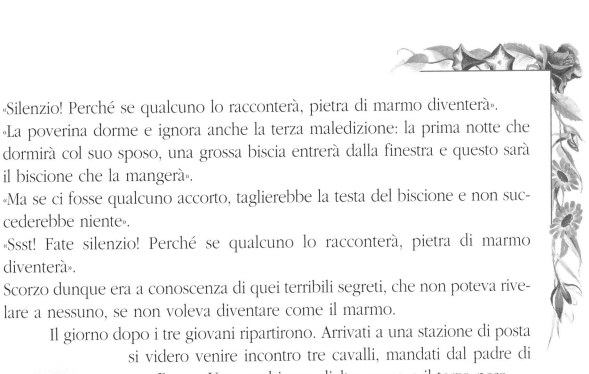

«Silenzio! Perché se qualcuno lo racconterà, pietra di marmo diventerà».

«La poverina dorme e ignora anche la terza maledizione: la prima notte che dormirà col suo sposo, una grossa biscia entrerà dalla finestra e questo sarà il biscione che la mangerà».

«Ma se ci fosse qualcuno accorto, taglierebbe la testa del biscione e non succederebbe niente».

«Ssst! Fate silenzio! Perché se qualcuno lo racconterà, pietra di marmo diventerà».

Scorzo dunque era a conoscenza di quei terribili segreti, che non poteva rivelare a nessuno, se non voleva diventare come il marmo.

Il giorno dopo i tre giovani ripartirono. Arrivati a una stazione di posta si videro venire incontro tre cavalli, mandati dal padre di Pomo. Uno era bianco, l'altro rosso e il terzo nero.

La figlia del mago saltò subito in sella al bianco, ma Scorzo si gettò su di lui e gli tagliò la testa.

«Che fai? Sei pazzo?» chiese la fanciulla stupita.

«Perdonatemi, non so cosa mi abbia preso».

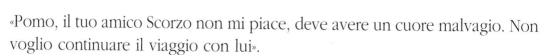

«Pomo, il tuo amico Scorzo non mi piace, deve avere un cuore malvagio. Non voglio continuare il viaggio con lui».

Ma Scorzo si scusò nuovamente, disse di aver avuto un momento di pazzia e lei finì per perdonarlo. Giunsero a casa dei genitori di Pomo e tre cagnolini festosi si fecero avanti abbaiando: uno era bianco, il secondo era rosso e il terzo nero.

La fanciulla aveva allungato le braccia per accarezzare quello nero e Scorzo, veloce come il fulmine, troncò la testa alla bestiola.

«Questo Scorzo è pazzo o è crudele! Non lo voglio più vedere!».

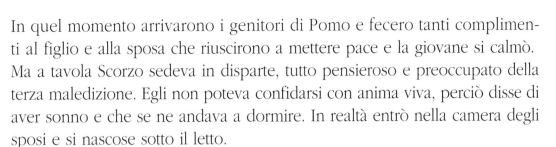

In quel momento arrivarono i genitori di Pomo e fecero tanti complimenti al figlio e alla sposa che riuscirono a mettere pace e la giovane si calmò. Ma a tavola Scorzo sedeva in disparte, tutto pensieroso e preoccupato della terza maledizione. Egli non poteva confidarsi con anima viva, perciò disse di aver sonno e che se ne andava a dormire. In realtà entrò nella camera degli sposi e si nascose sotto il letto.

Gli sposi si coricarono e s'addormentarono felici e ignari del pericolo.

Ma Scorzo non chiudeva occhio e, a un certo punto, nel silenzio della notte, sentì i vetri della finestra andare in frantumi: un viscido biscione verde strisciava verso gli sposi.

Scorzo uscì dal suo nascondiglio e tagliò di netto la testa all'orrenda bestia.

A quel fracasso la giovane si svegliò e, visto accanto a sé Scorzo con la spada sguainata, si mise a urlare:

«Aiuto! Assassino! Scorzo ci vuole uccidere! Prendetelo, l'ho già perdonato due volte. Ora è giusto che paghi con la propria vita».

Il povero Scorzo fu imprigionato all'istante e tre giorni dopo tutto era pronto per la sua impiccagione.

Allora Scorzo decise che, morto per morto, tanto valeva che spiegasse le ragioni del suo strano comportamento. Chiese come ultimo desiderio di parlare con la sposa. Ella si presentò a lui in prigione.

«Ti ricordi quando ci siamo fermati all'osteria? - cominciò Scorzo - Mentre tu e Pomo dormivate, io vegliavo e ho ascoltato il dialogo di tre fate, che raccontavano le maledizioni che tuo padre ti aveva lanciato addosso.

La prima era quella del cavallo: il cavallo bianco su cui tu fossi salita, ti avrebbe tradito. Ma nulla sarebbe accaduto se qualcuno, prontamente, avesse tagliato la testa al cavallo. Purtroppo chi lo racconterà, pietra di marmo diventerà».

Scorzo aveva appena detto queste parole, che si sentì i piedi e le gambe dure dure, come il marmo.

La giovane capì e cercò di fermarlo nel suo racconto: «Basta, per carità, non dire altro!».

E lui: «No, voglio che tu sappia la verità, tanto devo morire. Le tre fate raccontarono poi della seconda maledizione, quella dei cagnolini…».

Raccontò anche di questa e diventò di marmo fino alle spalle.

«Taci, povero Scorzo, e perdonami! Tu mi hai salvato la vita! Non parlare più!»

Ma Scorzo, con grande fatica, parlava e parlava e cercava di raccontare della biscia. Poi tacque improvvisamente e fu di marmo dalla testa ai piedi.

La povera giovane piangeva sconsolata.

«Che cosa ho fatto? Scorzo, questo animo così nobile e generoso è morto per causa mia! Chi mi può aiutare?»

Ma poi ebbe un'idea e, asciugandosi le lacrime, prese carta e penna e scrisse al padre, chiedendogli perdono e scongiurandolo di aiutarla con le sue arti magiche.

Il mago, che non era più in collera, fu davanti a lei in due secondi e dopo aver ascoltato le suppliche della figlia, disse:

«Per l'amore che ho per te, ridarò la vita a questo bravo giovane».

E preso un balsamo speciale, lo spennellò su Scorzo che riprese a muoversi, a ridere e a parlare come prima.

Così, invece d'essere accompagnato sulla forca, il giovane fu riportato a casa sua, in trionfo, in mezzo a musiche e canti e grida di tutti, che urlavano a squarciagola:

«Evviva Scorzo! Evviva Scorzo!».

Rosina nel forno

Un poveruomo rimase vedovo con una bella bambina, chiamata Rosina. Un giorno decise di prender un'altra moglie, perché, dovendo lavorare, non poteva badare alla figliola.

La nuova sposa gli diede un'altra figlia, Assunta, che era bruttina.

Le due bimbe tuttavia crebbero insieme e frequentavano la stessa scuola. Con l'andar del tempo però Assunta cominciò a sentire un certo astio per la sorella più grande, alla quale tutti facevano i complimenti perché era carina, garbata, gentile.

«Io con Rosina non vado più in giro! Mi sento piccola e nera!» piangeva un giorno Assunta.

«Ma cosa dici, piccina? Hai una carnagione bruna, ma sei bella anche tu» cercava di consolarla la mamma. «Ma cosa vuoi? Perché tieni quel broncio?»

La ragazzina si struggeva per l'invidia e disse:

«Fai lavorare Rosina! Mandala a pascolare le vacche e dalle una libbra di canapa da filare. E se torna a casa con le vacche affamate e senza la canapa filata, picchiala! Picchia oggi e picchia domani, diventerà più brutta di me».

Benché a malincuore, la matrigna cedette ai capricci di Assunta.

Chiamò subito Rosina e le disse:

«Da domani non andrai più in giro con Assunta. Devi badare alle vacche e procurargli l'erba e intanto filerai anche questa libbra di canapa. E bada bene di non tornare a casa senza che la canapa sia filata e le vacche siano satolle o ti faccio vedere io!».

Rosina non era certo abituata a essere maltrattata in quel modo e rimase senza parole. La mattina dopo però obbedì e andando per la campagna ripeteva alle sue mucche:

«Vacchine mie! Come faccio a tagliarvi l'erba se devo anche filare la canapa?».

A queste parole la più anziana delle vacche voltò verso di lei l'umido e dolce muso e le parlò così:

«Non preoccuparti, Rosina, ti aiuteremo noi. Tu falcia l'erba per noi e noi fileremo per te. Basta che tu dica:

'Vacchicina, vacchicina,
Con la bocca fila fila,
Con le corna annaspa annaspa,
Fammi presto la matassa'».

Quando Rosina tornò a casa, la Luna era già sorta nel cielo e le vacche erano contente e ben pasciute. La giovanetta reggeva in testa una fascina d'erba fresca e sotto il braccio una matassa da una libbra di canapa perfettamente filata.

Assunta era ancora più nera dalla rabbia e disse alla madre:

«Domani mandala di nuovo al pascolo, ma dalle due libbre di canapa da filare. E guai se disobbedisce!».

Ma anche il giorno seguente Rosina disse la formula magica:

«*Vacchicina, vacchicina,*
Con la bocca fila fila,
Con le corna annaspa annaspa,
Fammi presto la matassa».

E le vacche erano sazie, l'erba falciata e la canapa filata!

«Ma come riesci a fare tutte queste cose in una giornata?» le chiese Assunta con un certo rancore.

«Sai, ci sono al mondo delle buone creature. Non ci crederai, ma mi hanno aiutato proprio le mie vacchine» rispose Rosina.

Allora Assunta disse alla madre di mandare lei al pascolo il giorno dopo e di darle anche la canapa, perché aveva scoperto il segreto di Rosina. Naturalmente sua madre l'accontentò e Assunta la mattina dopo si mise in cammino con le vacche, che procedevano placidamente per i pascoli.

Assunta, per farle trottare svelte, le batteva col bastone: e giù botte sul groppone e sulla coda.

Arrivate al solito prato, le vacche se ne stettero ferme immobili a guardarla. Assunta strepitava:

«Avanti! Filate! Perché non filate, bestiacce?».

E mise la canapa sulle loro corna, ma le mucche fecero degli strani movimenti che fecero arruffare completamente la matassa.

Assunta tornò a casa... si può ben dire imbestialita.

Ma la ragazza non si mise il cuore in pace e meditava altri dispetti.

Un giorno disse alla madre:

«Mamma, ho voglia di mangiare raperonzoli. Stasera manda Rosina a coglierli nel campo del vicino».

La madre comandò a Rosina che andasse a cogliere raperonzoli, ma la ragazza questa volta protestò:

«Io non voglio andare a rubare! Non ho mai fatto cose del genere! E poi il contadino potrebbe spararmi!».

Ed era proprio ciò che la sorellastra sperava, perciò le urlò:

«Avanti, vai e obbedisci, altrimenti ti buschi tante legnate!».

La povera Rosina s'avviò nella notte nera per gli orti, scavalcò la siepe, ma invece dei raperonzoli trovò una rapa.

E tira tira, finalmente la strappò da terra, ma sotto c'era la casina dei rospi e ci abitavano cinque rospette piccine piccine.

«Come siete carine!» esclamò Rosina e si mise a prenderle in mano. Ma fu un pochino maldestra, perché una le cadde e si ruppe una zampina. Rosina si scusò con lei. Le altre quattro che le stavano in grembo le dissero: «Bella fanciulla, sei molto gentile e ti vogliamo ricompensare. Ti auguriamo di diventare la più bella e splendente ragazza del mondo. Tu risplenderai anche quando il Sole sarà nascosto dietro le nuvole o quando piove. E così sia».

Ma la rospetta azzoppata intervenne, brontolando:

«Io non trovo questa ragazza così gentile da essere premiata! Mi ha reso zoppa! Io le auguro che appena veda un raggio di sole si trasformi in una serpe e non ritorni donna se non dopo essere entrata in un forno infuocato. E così sia». Rosina tornò a casa allegra, ma anche un po' spaventata.

Era notte e lei risplendeva come fosse stata fasciata di luce.

La matrigna e Assunta, vedendola, rimasero a bocca spalancata.

Rosina raccontò tutto, della rapa, delle rospette e degli auguri, poi concluse: «Non ho nessuna colpa. Per carità non mandatemi al sole, non voglio trasformarmi in una serpe».

Da quella brutta sera Rosina, pur così splendente, non uscì più di casa, se non quando il Sole era tramontato, o era nuvoloso, o pioveva.

Rimaneva in casa lavorando e cantando.

Da fuori si vedeva la luce che irradiava dalla sua figura.

Un giorno passò davanti a casa il figlio del Re e, vista quella luce, si fermò, vide la fanciulla e bussò alla porta.

Così Rosina gli raccontò tutta la sua strana storia e la maledizione che incombeva su di lei.

Il figlio del Re le rispose:

«Non m'importa quello che potrebbe accadere. Siete troppo bella per rimanere qui dentro. Voglio che diventiate la mia sposa».

Intervenne la matrigna:

«Sacra Corona, faccia attenzione, perché potrebbe andare incontro a dei guai. La prima volta che un raggio di sole la sfiorerà, diventerà un serpente».

«Questo non vi riguarda» disse il Principe. «Non mi sembra che voi vogliate molto bene a Rosina. D'ora in poi baderò io a lei e alla sua felicità. Domani farò venire qulacuno a prenderla con una carrozza tutta chiusa perché il sole non penetri».

La matrigna e Assunta prepararono il corredo per Rosina, a denti stretti.

Il giorno dopo arrivò una bellissima carrozza dorata, con le tendine scure, un cocchiere tutto fronzoli e penne sul cappello e sei cavalli bianchi.

La matrigna prima di partire trasse a sé il cocchiere e gli disse sottovoce:

«Galantuomo, ecco dieci monete di mancia. Fatemi la cortesia: quando è mezzogiorno, tirate un po' la tenda perchè entri un po' di sole dentro».

«Come lei comanda, signora» disse l'uomo guardando la lauta mancia, tutto contento.

La carrozza correva, correva, volava quasi nel bosco, attraversava ponti e incroci. Quando fu mezzogiorno e il Sole era a picco, il cocchiere scostò le tendine e un raggio colpì in pieno la fanciulla, che subito si trasformò in una bellissima serpe bianca e fuggì via, più spaventata che mai, nel bosco.

Immaginatevi il dolore e la disperazione del figlio del Re quando aprì la porta della carrozza e non trovò la sua Rosina: avrebbe voluto andare a vendicarsi della terribile matrigna.

Poi gli dissero che il destino di Rosina era quello, che se non succedeva quella volta, sarebbe successo un'altra e lui si calmò.

C'era però il problema degli ospiti: la gente invitata al banchetto di nozze si commosse nel sentire la storia, ma voleva mangiare lo stesso e il Re dette l'ordine ai cuochi di procedere come previsto. Subito i forni furono scaldati al massimo per farvi cuocere le pagnotte già lievitate e i polli spennellati di burro e rosmarino.

Un cuoco stava mettendo nel forno acceso una grossa fascina di legno, quando s'accorse che dentro s'era rintanata una piccola serpe bianca.

Non fece in tempo a levarla, perché la legna, secchissima, prese subito fuoco.

Dopo pochi istanti vide uscire dalla bocca del forno una fanciulla, splendente come il Sole, fresca come una rosa e bianca come la neve.

Il cuoco prima rimase di sasso, poi si mise a gridare:

«Correte! Correte! C'è una fanciulla nel mio forno!».

Il figlio del Re accorse per primo, dopo di lui vennero tutti i cortigiani e gli invitati, i ciambellani e i trombettieri. Era proprio Rosina!

Il Principe l'abbracciò e la portò subito all'altare, pazzo dalla gioia.

Da allora Rosina visse felice e contenta, senza più dispetti e paure.

La vedova e il brigante

C'era una volta una povera vedova che era rimasta sola con il figliastro. Il ragazzo si dava da fare ma, nonostante ciò, erano molto poveri. Un giorno, andando a caccia, il ragazzo catturò degli uccellini e li portò a sua madre perché li arrostisse sul fuoco.

«Mamma, tenete questi uccelli, vado a vedere se riesco a prendere qualche cos'altro».

S'allontanò un poco e arrivò in una radura in cui c'era una statua che teneva in mano una corda e ai suoi piedi c'era questa scritta:

Chi piglierà questa corda e se la metterà
Alla cintura, avrà una forza tale che
Nessuno lo vincerà mai.

Il giovane prese la corda e se la legò alla vita: sentì subito dentro di sé una forza straordinaria, tanto che prese un albero e lo strappò con le radici e le fronde, come se avesse colto un finocchio nell'orto.

Mentre egli era così occupato, la sua matrigna, che era una donna ancora giovane e piacente, incontrò un brigante, che si era fermato accanto al fuoco e aveva cominciato a discorrere con lei, chiedendole di andare con lui.

Ma la donna rispose:

«Lasciatemi in pace: ora viene mio figlio e vi sistema lui!».

Il brigante si mise a ridere e ancor più rise quando vide arrivare il ragazzo, che dall'aspetto pareva gracile e giovanissimo.

«Che volete? Lasciate stare mia madre» disse il giovane.

«Questo sarebbe il ragazzo che mi sistema? Ah, ah, ah!»

Ma non ebbe il tempo di finire di ridere che gli arrivò sul muso un pugno che lo fece cascare da cavallo.

In un attimo il giovane gli staccò la testa e lo sotterrò.

Prese il cavallo del brigante e disse alla madre: «Aspettatemi qui, mamma, tornerò presto».

E, trotta trotta, arrivò dove il bosco finiva e si apriva una bella spianata. Sullo sfondo vide un bellissimo palazzo alto alto. C'era una porta spalancata ed entrò nel cortile: uno strano silenzio lo accolse. Legò il cavallo e varcò l'ingresso. Un'enorme tavola apparecchiata per sette brillava di posate e piatti bianchissimi. Egli si servì un po' da ciascun piatto, bevve un po' di vino da ogni bottiglia e diede dei piccoli morsi ai sette pani. Poi pensò che fosse meglio nascondersi: senz'altro sette persone sarebbero arrivate di lì a poco. Aprendo la porta scoprì una stanza dove c'erano dei barilotti pieni di… cristiani ammazzati e messi sotto sale come sardine! Ma dove era capitato?

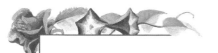

Mentre si faceva questa domanda arrivarono sei briganti e si sedettero rumorosamente a tavola e il primo disse:

«Come mai mi manca un po' di minestra dal piatto?».

«A me manca un pezzo di pane!»

«A me hanno scolato mezza bottiglia!»

Non sapevano cosa pensare e, sebbene un po' perplessi, si misero a mangiare. Ma a metà pranzo qualcuno s'accorse che un posto a tavola era rimasto vuoto.

«Non dovremmo essere in sette? Uno di noi non è tornato».

«Ci sono troppe cose strane, oggi» disse un altro. «Vado a vedere che cos'è accaduto in questa casa».

Ma dietro la porta stava pronto il nostro giovane e appena il brigante ebbe fatto pochi passi, lo afferrò e gli tagliò il gargarozzo.

Gli altri s'impensierirono non vedendolo ritornare e andarono a cercarlo.

E uno a uno furono ammazzati tutti e sei.

Così il ragazzo e sua madre presero possesso del palazzo e cominciò per loro una nuova vita: il giovane andava a caccia e la matrigna stava in casa. Non patirono più la fame né gli stenti di un tempo.

Un giorno, mentre il figlio era fuori nel bosco, un brigante si fermò e entrò, salutando la donna. Fecero amicizia e poco dopo si accorsero di essere innamorati.

Da quel momento il brigante, ogni volta che il giovane non c'era, ne approfittava per fermarsi con la giovane vedova.

Dopo un po' di tempo l'uomo, che era un poco di buono, cominciò a far strani discorsi alla donna:

«Perché non lo togliamo di mezzo questo giovanotto e viviamo felici noi due?».

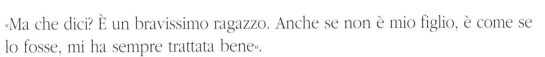

«Ma che dici? È un bravissimo ragazzo. Anche se non è mio figlio, è come se lo fosse, mi ha sempre trattata bene».

Ma lui insisteva e tanto disse che alla fine la donna acconsentì a seguire i suggerimenti dell'uomo.

«Ecco cosa devi fare: fai finta di essere ammalata e chiedi a tuo figlio di portarti del latte di leonessa. Lui andrà, la belva sicuramente lo mangerà e noi staremo finalmente in santa pace».

La vedova obbedì, chiese al figlio il latte di leonessa e il figliolo, sempre premuroso, partì. Nel bosco trovò nella tana il leone, che gli chiese:

«Compare cosa vai cercando da queste parti?».

«Compare leone, buongiorno! Ho bisogno di un po' di latte della comare leonessa: mia madre è seriamente ammalata!»

Il leone gli porse gentilmente una bottiglia di latte fresco e aggiunse: «Ecco a te il latte e tieni anche questo nostro cucciolo che ti potrà essere di aiuto!». Quando la madre vide tornare il giovane con il latte e il leoncino al fianco prese una gran paura. E il giorno dopo riferì la cosa al brigante.

Questi allora le disse:

«Fa' finta di esserti ammalata un'altra volta e digli che vuoi il latte dell'orsa. Lui andrà e l'orso lo divorerà. Così staremo in pace».

Così fece la donna.

Il ragazzo andò in cerca dell'orso e quando l'ebbe trovato, gli disse:

«Compare orso, mi dispiace disturbare, ma avrei bisogno di un po' di latte della comare orsa: si tratta di mia madre, non sta bene e sono sicuro che così potrà guarire».

«Ecco a te il latte, compare» disse l'orso «e tieni anche questo piccolo: ti sarà d'aiuto, prima o poi».

Così il giovane rincasò con una bella bottiglia di latte e un orsacchiotto che lo seguiva saltellando.

La matrigna a vederlo tornare sano e salvo e con l'orsacchiotto al seguito, si sentì mancare il respiro.

Quando l'ebbe raccontato al brigante, il giorno dopo, egli disse:

«Caspita, questo ragazzo sembra un diavolo! Proviamo ancora. Adesso mandalo a cercarti il latte della tigre. È l'animale più feroce del bosco. Non potrà scampare».

Il ragazzo, che non sospettava nulla, di nuovo si mise in strada.

Trovò la tana della tigre e le disse:

«Comare tigre, mia madre non guarisce e ha bisogno di un po' del vostro buonissimo latte».

«Eccolo, compare, e prenditi anche un mio tigrotto: vedrai che ti sarà utile».

La madre vedendolo tornare ancora una volta con il latte e il tigrotto per mano pensò:

«Davvero questo figliolo dev'essere un diavolo!».

Il brigante ebbe un'altra idea e la riferì alla donna:

«Portalo nella stalla e, per scherzo, legalo con quella grossa catena che c'è al muro. Poi arriverò io e l'ammazzerò».

La vedova fece così, ma nel momento in cui il giovane era legato e il brigante saltò fuori col coltello, il ragazzo gridò:

«Leoncino! Orsacchiotto! Tigrotto! Mangiatevi questo perfido brigante!».

I tre animaletti coi loro aguzzi denti sbranarono in quattro e quattr'otto il brigante.

Poi il giovane si liberò dalla catena e gridò:

«Leoncino! Orsacchiotto! Tigrotto! Ora mangiatevi quella traditrice della mia matrigna, non merita di vivere!».

E in tre bocconi la donna fu inghiottita dai tre animali.

Il ragazzo montò a cavallo e partì col leoncino, l'orsacchiotto e il tigrotto in cerca di un altro paese e di miglior fortuna.

Un bastimento carico di...

Marito e moglie avevano un bambino ed erano molto devoti a San Michele Arcangelo: tutti gli anni festeggiavano il giorno del santo. Ma venne un anno di povertà, il marito morì e la donna era disperata.

Si raccomandò al santo e, poco prima di morire anch'ella, lasciò il bambino in una cesta sulla porta del palazzo reale.

Qualcuno, mosso da compassione, portò al Re il trovatello, che fu chiamato Miché in onore di San Michele (perché quello era proprio il giorno del santo) e fu allevato a palazzo.

Crebbe giocando insieme alla figlia del Re, che aveva la sua stessa età. E quando furono grandi l'affetto che nutrivano l'uno per l'altra si trasformò in amore.

I consiglieri del Re se ne accorsero e gli dissero:

«Maestà, aprite gli occhi! Non vedete che quel trovatello fa la corte alla Principessa? Non vorrete farla sposare con un poveraccio simile!».

«E che si può fare? Michè è come se fosse mio figlio, non posso cacciarlo, non ha fatto nulla di male».

«Faccia così Maestà: lo mandi per mare a vendere della mercanzia, con il bastimento più vecchio e sconquassato. In mezzo alle onde non si sa cosa può succedere… magari non torna più».

Il Re piuttosto a malincuore acconsentì: sperava solo che andandosene lontano Miché, sua figlia lo avrebbe dimenticato.

Chiamò dunque il giovane e gli disse: «Devi partire al più presto per diventare mercante. Decidi che cosa vuoi caricare sul tuo bastimento: hai tre giorni di tempo».

Il giovane non sapeva da che parte cominciare, poi decise di pregare San Michele Arcangelo.

L'ultima notte il santo gli apparve in sogno e gli disse di farsi caricare la nave unicamente di sale. Così fece e salpò dal porto.

La Principessa lo salutava da lontano con un fazzoletto in mano e una stretta al cuore.

Quando fu in alto mare si alzò una burrasca terribile, tuoni, fulmini e saette, il bastimento faceva acqua da tutte le parti. Michè si rivolse al suo protettore con grande fede e timore allo stesso tempo. E subito comparve un bastimento tutto d'oro con il santo al timone.

Questi gli tirò una corda e Miché si attaccò e fu salvo. In poche ore arrivarono in vista di una terra sconosciuta ed entrarono in porto.

«Venite per pace o per guerra?» gli chiesero gli abitanti.

«Per pace!» rispose Miché e allora gli permisero di avvicinarsi.

Il Re di quel paese invitò lo straniero a pranzo insieme a San Michele (ma nessuno si rese conto che quello era un essere celeste).

San Michele suggerì a Miché di portare con sé un sacchetto di sale, che in quel paese era del tutto sconosciuto. Infatti le pietanze che servirono in tavola erano insipide e sembrava di mangiare paglia, come i cavalli.

Michè allora disse rispettosamente al Re:

«Maestà, mi permetta di offrirle un pizzico di sale sulla sua pastasciutta».

Il Re mangiò un boccone, poi un altro e disse:

«Eccezionale! Ma che cos'è? È tutto molto più buono! Ne avete ancora?».

«Sire, il mio bastimento ne è pieno zeppo».

«E me lo vendete? Quanto costa?»

«Lo vendo a peso, Sire, come l'oro».

«Affare fatto: lo prendo tutto».

Così Michè svuotò il bastimento del sale e lo riempì di pepite d'oro, che brillavano al sole. Fatte riparare tutte le falle della nave, fece vela verso casa.

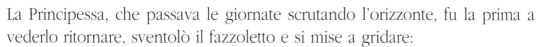

La Principessa, che passava le giornate scrutando l'orizzonte, fu la prima a vederlo ritornare, sventolò il fazzoletto e si mise a gridare:

«Papà, Miché sta tornando! È qui di nuovo!».

Qualcuno a corte non era così entusiasta. I consiglieri a vedere tutto quell'oro luccicante divennero verdi dalla rabbia e dopo aver a lungo pensato, andarono dal Re con un nuovo malefico suggerimento: «Maestà, dovete mandarlo a fare un altro viaggio, che si scelga il carico, basta che parta».

Miché pregò di nuovo il suo protettore, che gli disse di chiedere questa volta un bastimento carico di gatti.

Gatti rossi, gatti neri, gatti bianchi, a pelo lungo, a pelo maculato, a pelo riccio. Tutti quelli che avevano un felino lo portarono al Re e in pochi giorni il bastimento fu pieno di mici miagolanti (perché si sa che i gatti soffrono il mal di mare!).

Così la nave salpò, la Principessa sventolava il fazzoletto e i consiglieri ridevano sotto i baffi.

Giunto al largo, come la volta precedente, si alzò una bufera incredibile, ma Miché invocò il suo santo e quello arrivò con la sua nave d'oro e lo condusse sano e salvo in un porto sconosciuto.

Gli vennero incontro degli ambasciatori che chiesero:

«Venite per pace o per guerra?».

«Per pace» rispose Michè e fu invitato con grandi onori a pranzo dal Re di quel paese.

Appena seduto, Michè notò che accanto al piatto c'era uno scopino.

Si stava chiedendo a che cosa potesse servire, quando vide l'uso che ne facevano gli altri commensali.

Appena portato il cibo in tavola furono assaliti da topi che si buttavano sulla tavola, si arrampicavano sui lampadari, si tuffavano nella minestra.

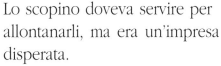

Lo scopino doveva servire per allontanarli, ma era un'impresa disperata.

Allora San Michele disse a Michè:

«Apri quel sacchetto che ho portato io».

Quattro gatti rossi e affamati saltarono in mezzo ai topi e ne fecero strage in pochi secondi.

Il Re fu colpito da quel rimedio e chiese:

«Oh, che begli animaletti! Che cosa sono? Sarebbero utili in questa isola».

«Maestà, se ne ha bisogno, mi dica… »

«Ne avete molti?»

«Un bastimento pieno zeppo, Sire».

«E quanto costano?»

«Maestà, li vendo a peso, a peso d'oro, voglio dire».

«Affare fatto, li prendo tutti».

Così il bastimento fu svuotato dai gatti e riempito di monete d'oro.

Quando la Principessa vide di nuovo l'amato bastimento, ballava dalla gioia sulla torre più alta del castello. I consiglieri invece diventarono ancora più verdi e brutti dal rancore.

Passato qualche giorno, il Re spedì nuovamente Michè sul mare. Questa volta San Michele suggerì di chiedere un bastimento carico di fave.

Il bastimento rischiò nuovamente il naufragio, ma l'intervento del santo fu provvidenziale e Miché giunse felicemente in un porto poco lontano.

In quella città regnava una Regina, che era un'appassionata giocatrice e tutti quelli che sconfiggeva li faceva rinchiudere nelle carceri sotterranee e poi buttava via la chiave. Dopo aver invitato Miché e il santo a pranzo, ella propose una partita a scacchi. Ma col santo non riusciva a vincere.

La Regina capì che non poteva continuare a giocare, perché avrebbe perduto tutti i suoi possessi. Esasperata dalle sconfitte, disse:

«Vi dichiaro guerra» e schierò tutti i suoi soldati, che erano tanti e armati fino ai denti. Dalla parte opposta c'erano solo Miché e il santo con la spada sguainata. Ma San Michele fece alzare una folata di vento così forte, ma così forte, che sembrava una vera tempesta di sabbia, come se ne vedono nel deserto. E tutti i soldati accecati non si mossero.

San Michele raggiunse la Regina e con la spada le tagliò la testa.

Nessuno pianse, perché quella era proprio una Regina che nessuno poteva soffrire. Fecero festa e liberarono i prigionieri che erano ancora vivi, anche

se affamati e pallidi. Diedero loro da mangiare le fave crude, nella minestra, in insalata, finché tutti furono ristorati e sazi.

In quella città non avevano mai coltivato le fave e tutti le vollero comprare. Miché le vendette ovviamente a peso d'oro.

Svuotato il bastimento dalle fave e riempito di oro zecchino, Miché fece rotta verso la sua amata.

Arrivato in porto, San Michele decise di parlare al Re:

«Io sono San Michele Arcangelo e proteggo questo giovane, che avete trovato nel mio giorno. Non ostinatevi a fargli del male. Egli merita di sposare vostra figlia!».

A quelle parole il Re fu felice di arrendersi e benedire il matrimonio della Principessa e di Miché.

Questa è la felice storia di Miché
Che portò tre carichi d'oro perché
Voleva sposare la sua amata e diventare Re.

Aquilante e Grifone

Tanto tempo fa in un'isola viveva un pescatore. Un giorno il mare smise di dargli pesci e l'uomo si ridusse con la moglie all'estrema miseria.

Ormai lo spettro della fame era su di loro, quando una bella mattina l'uomo, tirando la rete, sentì una forza straordinaria che gli resisteva.

Tira, tira e tira, ecco emergere dall'onda un grandissimo pesce con le squame di tutti i colori dell'arcobaleno.

«Ce l'hai fatta a venire!» gli gridò il pescatore.

«Ce l'ho fatta, ma sappi che io non sono un pesce come tutti gli altri. Lasciami andare e ogni mattina ti farò prendere tutto il pesce che desideri».

Allora l'uomo gli disse che avrebbe tanto desiderato pescare delle belle triglie e fu subito accontentato.

E lo stesso accadde il giorno dopo, e tutti i giorni seguenti.

Alla moglie del pescatore non pareva vero di avere cibo tutti i giorni e che gli affari andassero così bene, e continuava a chiedere al marito come e perché questo era accaduto. E a furia di insistere egli le raccontò del pesce straordinario.

A sentire quella storia la donna s'impuntò e disse:

«Io voglio quel pesce, voglio quel pesce!» e non voleva sentire ragioni.

Il marito insisteva nel dirle che quel pesce così generoso non meritava di essere tradito. Ma la moglie era veramente pestifera e gli fece passare una vita d'inferno, tanto che un giorno il pescatore andò in riva al mare e al pesce, con la tristezza nel cuore e nella voce, disse:

«Mio caro pesce, bisogna che io ti catturi, per far contenta mia moglie».

Il pesce parve riflettere su quelle parole poi rispose:

«Questo non mi fa troppo piacere. Se proprio devi, prendimi e portami con te. Ma segui le mie istruzioni: dopo che sarò morto devi dare la mia testa al cane, la lisca al pozzo e la coda alla cavalla. E tu, attento, non mi mangiare e dammi tutto a tua moglie che, vedrai, darà alla luce due bambini così somiglianti che non sarà possibile distinguerli.

La cavalla avrà due cavalli, la cagna due cagnolini e dal pozzo spunteranno due bandierine. Tu, non preoccuparti, tornerai a pescare in abbondanza come hai fatto finora con il mio aiuto. E vivrai senza dolore né disgrazie».

Il pesce tacque, il pescatore se lo caricò sulle spalle e così, ancora guizzante, lo portò a casa. Poi fece tutto come gli aveva detto.

E come era stato predetto vennero fuori dal pozzo due bandiere, la cagna ebbe due cagnolini, la cavalla due puledrini e la moglie due bimbi bellissimi e così simili che non si riusciva a distinguerli, se non mettendo loro al braccio due nastri di diverso colore.

I gemelli furono chiamati l'uno Aquilante e l'altro Grifone e crebbero sani, belli e buoni.

Un giorno, molti anni dopo, Aquilante, che era ormai divenuto un bel giovane, disse che sarebbe partito per girare il mondo. Andò dal padre per salutarlo e per chiedergli di poter prendere con sé uno dei due cavalli e uno dei due cagnolini. Poi salutò il fratello con queste parole:

«Ascoltami, Grifone. Ogni giorno che devi recarti al pozzo a vedere se la mia bandiera cambia di colore e se la vedrai farsi nera, vieni a cercarmi, vivo o morto che sia: tu che sei mio fratello mi troverai».

Dopo aver abbracciato teneramente padre e fratello Aquilante partì.

E, trotta trotta, arrivò sul fare della sera in una radura silenziosa, dove c'era un palazzo signorile che sembrava abitato.

Passato il cancello, Aquilante vide a fianco dell'edificio una bellissima scuderia, dove c'era posto per sette cavalli: infatti c'erano sette mangiatoie.

Per far riposare il suo animale, Aquilante lo legò alla prima mangiatoia e, presa da ogni stalla una manciata di biada, la diede al suo destriero.

Salì al piano superiore e trovò una tavola apparecchiata per sette persone: c'erano sette piatti di minestra fumante. Per non lasciare nessuno senza cena, Aquilante prese una cucchiaiata da ciascun piatto, poi un pezzetto di carne da ciascuna pietanza e un goccetto di vino da ogni bicchiere.

Poi, stanchissimo, cercò la stanza da letto che era arredata con sette letti uguali. Si distese su di uno, ma da un lato, per occupare il minor spazio possibile.

Dovete sapere che quel palazzo era abitato da sette eroici cavalieri che per incarico del Re dovevano uccidere sera per sera i crudeli assassini che minacciavano la città.

Ma un terribile incantesimo faceva sì che quegli assassini, ammazzati la sera, al mattino dopo fossero di nuovo vivi e vegeti senza alcuna traccia delle ferite loro inflitte.

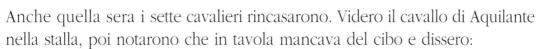

Anche quella sera i sette cavalieri rincasarono. Videro il cavallo di Aquilante nella stalla, poi notarono che in tavola mancava del cibo e dissero:
«Qui c'è stato qualcuno, ma molto prudente. Chi sarà?».
Trovarono la risposta in camera da letto, dove videro Aquilante dormire sul bordo di un letto.
Furono pieni di ammirazione per la discrezione di quell'ospite e il settimo cavaliere si mise a dormire al suo fianco.
Il mattino dopo Aquilante si svegliò e vedendo che il compagno di letto aveva già gli occhi aperti, lo salutò, si scusò della sua intrusione e spiegò chi era. Anche i cavalieri raccontarono la loro strana vita e di quegli assassini che non finivano mai di morire.
«Vengo con voi!» disse Aquilante. Saltò giù dal letto, sellò il suo cavallo e partì con loro.
Sotto le mura della città si scontrarono con la compagnia degli assassini, che indossavano spettrali armature e cavalcavano neri destrieri.
La battaglia fu lunga e solo al tramonto i criminali giacevano a terra trafitti dalle lance e dalle spade dei cavalieri.
Finita la carneficina Aquilante e i sette cavalieri tornarono a casa.
La notte il giovane non riusciva a prender sonno e pensava:
"Voglio vedere se gli assassini con cui mi batterò domani sono proprio gli stessi di quest'oggi. Se è così non tornerò a casa, prima di aver capito cosa c'è sotto questa strana faccenda".
Il giorno dopo ebbe luogo la stessa battaglia: duelli e scontri si susseguirono con ferocia fino a sera.

E Aquilante constatò con i suoi occhi che gli ammazzati erano gli stessi del giorno precedente.

Perciò quando gli altri dissero: «Vieni, ora andiamo a casa».

Aquilante rispose: «No, io non mi muovo di qui».

«Ma che vuoi fare? Vegliare i morti?»

«Lasciatemi fare, ho un'idea». E si nascose sotto un ponte. Attese a lungo, ma a mezzanotte sentì un rumore di ciabattine sopra di sé. Allora uscì dal suo nascondiglio e facendo una voce terribile, urlò: «Chi va là?».

«Sono una povera vecchierella».

«Che vieni a fare?»

«Devo resuscitare i miei poveri figlioli, me li hanno ammazzati anche oggi».

«Ah, sì?» disse Aquilante e, presa la spada, tagliò subito la testa alla vecchina, che era in realtà una terribile strega, brutta e cattiva.

Al sorgere del Sole Aquilante fu svegliato dall'arrivo dei sette cavalieri, che si stupirono nel trovarlo addor-

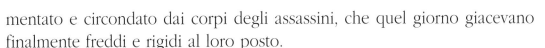

mentato e circondato dai corpi degli assassini, che quel giorno giacevano finalmente freddi e rigidi al loro posto.

Aquilante raccontò della vecchia e tutti capirono che egli aveva infranto il malefico incantesimo. La notizia giunse al Re che volle conoscere Aquilante e il giovane piacque tanto a lui, alla Regina e alla corte che gli fu data in sposa la Principessa.

Un giorno, cavalcando assieme alla moglie, Aquilante vide sulla cima di una montagna una bellissima palazzina e chiese, pieno di curiosità:

«Di chi è quel bel palazzo?».

«Nessuno lo sa» rispose la moglie.

«Come non si sa? Voglio andare a vedere».

«Per carità, non farlo: di tutti quelli che sono andati lassù nessuno è tornato!»

Ma il giorno dopo, di buon mattino, Aquilante, accompagnato dal suo cavallo e dal suo cane, partì.

Quando fu arrivato al palazzo, bussò una, due, tre volte.

Finalmente qualcuno s'affacciò: era un'orribile vecchia con due denti canini così grandi che sembrava un cinghiale.

«Che volete, bel giovanotto?»

«Passare, signora».

«Dovete prima legare quel cane».

«Con che cosa? Non ho nulla con me».

E la vecchia megera gli buttò dalla finestra un laccio. Ma ecco che, una volta legato l'animale con quella corda, l'uomo, il cavallo e il cane diventarono tre statue di pietra, inanimate e fredde.

Quello stesso giorno il fratello Grifone, andando a prendere l'acqua al pozzo, vide che la bandiera del fratello era nera; capì che qualche cosa di grave era accaduto, perciò andò dal padre e gli disse:

«Padre, mi dispiace lasciarvi, ma devo partire. Datemi la vostra benedizione».

E salito in sella al suo cavallo, facendosi scortare dal suo cagnolino, si mise in viaggio.

Cammina cammina, arrivò verso sera alla casa dei sette cavalieri, che lo scambiarono per Aquilante e gli fecero una gran festa, chiedendogli notizie della Principessa, sua sposa.

Grifone non disse nulla sulla sua vera identità e il giorno dopo si presentò alla reggia: anche qui fu accolto con calore e sollievo e tutti gli chiedevano dove si fosse smarrito.

La mattina successiva, affacciatosi alla finestra della sua stanza, fu impressionato dallo stesso panorama che aveva colpito il fratello e fece la sua stessa domanda:

«Come si chiama quella montagna? Chi vi abita?».

La Principessa lo fissò spaventata, dicendo:

«Ne sei tornato ieri sera e domandi a me che cos'è?».

Allora Grifone capì che suo fratello si era perduto proprio lassù e mormorò:

«Scusami, ma mi sono così divertito a salire su quella cima che m'è uscito di mente il nome… Ma oggi voglio ritornarci».

E poco dopo partì col cane e col cavallo.

Arrivato in cima, la prima cosa che vide fu la statua in pietra di un uomo a cavallo, poi quella del cane e con orrore riconobbe nel cavaliere il fratello Aquilante.

Bussò furiosamente alla porta.

S'affacciò l'orripilante vecchia con le zanne da cinghiale:

«Che cosa desideri, giovanotto?».

«Passare, strega».

«Devi legare il cane».

«Non c'è bisogno, il mio cane non morde nessuno. Non intendo legarlo e aprimi subito o ti sfascio la porta e il muso!»

La strega si spaventò e scese subito, aprì la porta e dopo aver fatto sette scongiuri spruzzò sulle tre statue dell'acqua, che restituì alla vita Aquilante, il suo cane e il suo destriero. Ma Grifone non perse tempo e, presa la spada, con un colpo secco tagliò la testa alla strega, che cadde a terra senza dire né "ai" né "bai". I due fratelli si abbracciarono felici, quindi aprirono la porta a due battenti ed entrarono nel palazzo con le spade in pugno: uno spettacolo incredibile apparve ai loro occhi! Le sale, i corridoi, le logge erano piene di statue di uomini e cavalli bloccate nelle più differenti posizioni: sedute, sdraiate, in piedi, in ginocchio. Erano tutte le persone che si erano avventurate in quell'angolo sperduto ed erano state fermate d'incanto dal potere della strega.

I due fratelli si diedero da fare per cercare un rimedio e trovarono infine in un sottoscala un barattolo d'unguento miracoloso. Bastava infatti prenderne un pochino col pollice e passare il dito sulle statue e quelle figure, fino allora fredde e rigide, avrebbero ripreso colore e vita come se si destassero da un lungo letargo.

Uno dopo l'altro tutti resuscitarono e le logge e i saloni si riempirono di voci, di risa, di scalpitii, di passi e nitriti. La maggior parte degli impietriti erano Principi, Duchi, Baroni e vollero ricompensare con doni e terre i due fratelli che li avevano liberati dall'orribile incantesimo.

Così Aquilante e Grifone diventarono ricchi e poterono farsi raggiungere nel loro castello dal vecchio padre pescatore e fargli passare gli ultimi anni della sua vita in tranquillità, con caldi e comodi abiti e il migliore dei tabacchi nella pipa.

La sposa sirena

C'era una volta una giovane e bella donna sposa di un marinaio. Purtroppo il marito stava lontano da casa anche dei lunghi periodi e la giovane rimaneva sola. Una volta durante una di queste assenze un Re s'innamorò della sposa e tanto disse che la convinse a fuggire con lui. Ma quel Re era volubile e insensibile e dopo un po' di tempo la abbandonò.

Ella tornò a casa, dove inutilmente l'aveva attesa il marito, che era nel frattempo ritornato.

Il marinaio l'accolse freddamente e, nonostante ella si gettasse ai suoi piedi, piangendo e chiedendo perdono, egli le disse:

«Non ti perdonerò mai. Avrai la punizione che ti meriti. Preparati a morire».

La giovane piangeva silenziosamente e il giorno dopo seguì il marito sulla sua nave. Presero il largo e quando furono in alto mare, il marito la prese per i capelli e la gettò nelle onde, come se fosse stata un sacco.

«Ora sono vendicato!» pensò l'uomo, ma non provava alcuna gioia.

La sposa lentamente s'inabissò e a un certo punto si trovò circondata da bellissime sirene. Sembrava che si fossero date convegno proprio in quel punto in mezzo all'oceano.

«Guardate che donna giovane e bella hanno buttato in mare. Salviamola dai pesci che potrebbero divorarla e prendiamola con noi!»

Così fu portata nel palazzo delle sirene, che sorgeva sul fondo del mare: era splendidamente illuminato e arredato.

Una giovane sirena le pettinò i lunghi capelli, un'altra le profumò le braccia, una terza le mise una collana di perle. La chiamarono Schiuma, ma la giovane era frastornata e non capiva quello che le stava succedendo.

Fu portata dalle sirene in un grande salone dove si ballava e si cantava.

Così i giorni e le settimane passarono tra feste spensierate, danze e canti.

E le sirene insegnarono a Schiuma quelle melodiose canzoni che i marinai tanto amano e tanto temono.

Una notte la portarono con loro sulla scia di una grande nave e intonarono la loro canzone preferita.

«E questo è il canto della notte serena,
E questo è il canto della notte fonda,
Se vuoi vedere la bella sirena,
O marinaio tuffati nell'onda!»

E dal parapetto del bastimento davvero un marinaio si lanciò in mare. Alla debole luce della Luna Schiuma riconobbe suo marito!

«Questo lo trasformiamo in corallo!» gridarono felici le sirene.

«No, no, aspettate, vi prego!» esclamò Schiuma. «Non uccidetelo, non fategli strane magie!»

«Per quale motivo te la prendi così a cuore per lui?»

«Non so... Vorrei... vorrei provare a fargli un incantesimo a modo mio... Vi prego lasciatelo vivo ancora per un giorno».

Le sirene che la vedevano sempre triste, oppressa da una strana malinconia, non osarono dirle di no. Rinchiusero il marinaio in un palazzo bianco in fondo al mare, poi andarono a dormire, poiché era ormai giorno.

Schiuma allora si avvicinò alla prigione e si mise a cantare:

«E questo è il canto della sirena,
Io ti conobbi e da te fui amata,
Da tempo nell'onda vivo serena,
Ti salverò e sarò condannata».

Il marinaio riconobbe subito la voce della sposa e si pentì amaramente della sua crudeltà, piangendo a lungo.

Quando si fece notte Schiuma andò da lui e lo liberò:

«Vieni con me, ma non parlare, le sirene ora vanno a caccia di marinai. Abbracciati a me e lasciati portare in salvo».

E Schiuma nuotò, nuotò a lungo finché giunsero in vista di un bastimento.

«Adesso domanda aiuto ai marinai!» gli disse Schiuma.

«Ehi lassù! Aiutatemi!»

Dalla nave calarono una scialuppa e tirarono a bordo il naufrago.

«La sirena… la mia sposa…» balbettava l'uomo.

«È diventato pazzo in mare» dicevano gli altri marinai. «Stai calmo, amico, ora sei salvo. Non c'è nessuna sirena!»

Il marinaio poté così ritornare a casa, ma non faceva che pensare alla sua sposa in fondo al mare.

«Io l'ho fatta annegare e lei m'ha salvato la vita. Devo ritrovarla a ogni costo. Non posso vivere senza di lei e con questo rimorso!»

Mentre pensava a questo s'inoltrò in un bosco e capitò vicino a un grandissimo noce, luogo di incontro delle fate.

Una voce femminile lo distolse dai suoi tristi affanni.

«Che hai bel giovane? Perché sei così preoccupato?»

E il marinaio raccontò tutte le sue incredibili vicende. Poi la fata disse:

«Sei un bravo giovane e io ti posso aiutare a ritrovare tua moglie».

«Davvero? Ditemi quello che devo fare, presto!»

«C'è un fiore che cresce soltanto nei palazzi delle sirene e che si chiama 'il più bello'. Devi prendere questo fiore e portarlo sotto questo noce. Allora riavrai tua moglie». Il marinaio si diresse subito al porto, s'imbarcò e, quando fu giunto in alto mare, cominciò a gridare il nome della sua sposa. E con grande gioia la vide apparire nella scia della nave: Schiuma era risalita in superficie.

«Sposa mia, tu hai salvato la mia vita. Ora io voglio liberarti dalla tua condizione e voglio che tu torni a vivere con me, come un tempo. Ma per fare questo devo

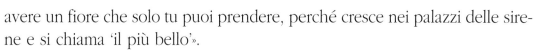

avere un fiore che solo tu puoi prendere, perché cresce nei palazzi delle sirene e si chiama 'il più bello'».

«È praticamente impossibile!» rispose Schiuma. «Questo fiore, che le sirene hanno rubato alle fate, ha un profumo straordinario ed è gelosamente custodito, perché il giorno che tornasse alla fate tutte le sirene dovrebbero morire. Anch'io che sono diventata sirena, morirei insieme a loro».

«Non temere, tu non morirai, perché le fate ti salveranno».

«Torna qui domani e ti dirò che cosa posso fare».

Il giorno dopo la sposa riapparve dal mare e disse:

«Perché io possa rubare il fiore, ascolta quello che devi fare: devi vendere tutto ciò che possiedi e con il denaro ricavato comperare tutti i più bei gioielli del regno. Quando le sirene vedranno i gioielli, si allontaneranno dal palazzo e io avrò via libera».

Il marinaio in pochi giorni vendette ogni suo avere e si procurò quanti più gioielli poté.

Caricò il bastimento e appese i gioielli a grappoli ai parapetti, e sui pennoni più alti.

Anche nella notte si vedevano splendere perle, rubini, diamanti.

Di giorno poi il Sole li illuminava in modo stupefacente.

Le sirene appena avvistarono quella meraviglia affiorarono tra le onde e cantavano allegramente:

*«E questo è il canto del Sole che brilla
E fa risplendere bellissimi gioielli.
O marinaio, ferma la nave che scintilla,
Donaci le tue collane, spille e anelli».*

Ma il marinaio non si fermò e trascinò le sirene lontano dal loro palazzo.
A un tratto si sentì un forte boato in fondo al mare: le acque si alzarono in un'ondata mai vista.

Le sirene sparirono improvvisamente. Dall'onda uscì la vecchia fata e la sposa del marinaio, che volarono su di una scopa verso terra.

Così Schiuma tornò a casa e quando il marito arrivò, la trovò come sempre sulla soglia ad aspettarlo.

E i due vissero di nuovo insieme felici e contenti.

Indice

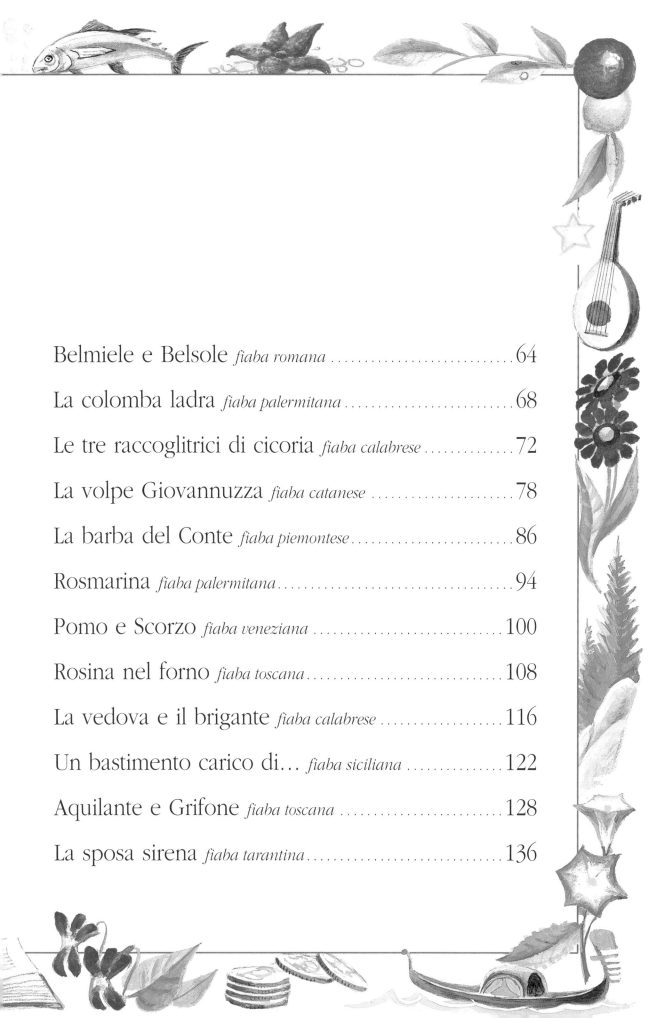